# Dentro da Noite

# Dentro da Noite

*João do Rio*

TORDSILHAS

# Dentro da noite



Tordesilhas é um selo da Alaúde Editora Ltda, empresa do Grupo Editorial Alta Books (Starlin Alta Editora e Consultoria LTDA).

ISBN: 978-65-5568-243-4.

*Impresso no Brasil – 1ª Edição, 2025 – Edição revisada conforme o Acordo Ortográfico da Língua Portuguesa de 2009.*

Dados Internacionais de Catalogação na Publicação (CIP)
**(BENITEZ Catalogação Ass. Editorial, MS, Brasil)**

R585d
1.ed. Rio, João do, 1881-1921
Dentro da noite / João do Rio. - 1.ed. -
Rio de Janeiro : Tordesilhas, 2025.
192 p.; 16 x 23 cm.

ISBN 978-65-5568-243-4

1. Ficção brasileira. I. Título.

05-2025/81 CDD B869.3

**Índice para catálogo sistemático:**
1. Ficção : Literatura brasileira B869.3
**Aline Graziele Benitez - Bibliotecária - CRB-1/3129**



**Produção Editorial:** Grupo Editorial Alta Books
**Diretor Editorial:** Anderson Vieira
**Vendas Governamentais:** Cristiane Mutüs
**Gerência Comercial:** Claudio Lima

**Coordenadora Editorial:** Mariana Portugal
**Produtora Editorial:** Viviane Corrêa
**Prefacista:** Julia Lobão, Mestra e Doutora em Letras Neolatinas
**Revisão:** Ellen Andrade & Susane Schmieg
**Diagramação e capa:** Diego Santos

ALTA BOOKS
GRUPO EDITORIAL

Rua Viúva Cláudio, 291 – Bairro Industrial do Jacaré
CEP: 20.970-031 – Rio de Janeiro (RJ)
Tels.: (21) 3278-8069 / 3278-8419
**www.altabooks.com.br** – altabooks@altabooks.com.br
**Ouvidoria:** ouvidoria@altabooks.com.br

Editora **afiliada à:** abdr — ASSOCIADO CBL Câmara Brasileira do Livro

*Preservai-nos, Senhor, das coisas terríficas que andam à noite*

Rei Davi

*A Felix Pacheco*

*Cordialmente*
*João do Rio*

# Sumário

# Prefácio

## *Dentro da noite*: o Decadentismo em verde e amarelo

*Para os eleitos é que as belas coisas significam simplesmente a Beleza.*
*Oscar Wilde*



Poucos artistas retrataram com tanta intensidade e fidelidade a efervescência cultural ocorrida no Rio de Janeiro durante o início do século XX quanto João Paulo Emílio Cristóvão dos Santos Coelho Barreto (1881- 1921). Nascido no Centro do Rio de Janeiro, na antiga Rua do Hospício, o autor, filho de professores, foi criado em um lar modesto e, em decorrência disso, começou a trabalhar desde muito cedo. Aos 18 anos, ele deu início à sua carreira como escritor e jornalista através da publicação de uma crítica a uma peça teatral no jornal *A Tribuna* e, pouco tempo depois, contribuiu regularmente para *A Cidade do Rio.* Não obstante a sua precoce atividade jornalística, foi apenas em 1904, através da reportagem "O Brasil lê", que o autor adotou o pseudônimo João do Rio, alcunha pela qual é reconhecido até os dias de hoje. João não se contentou em ser apenas *do Rio* e, sob a égide de diversos pseudônimos – dentre os quais destacam-se Claude, Caran d'Ache, Joe e José Antônio José –, sua carreira foi marcada por uma variada e profícua produção.

Nas palavras de João Carlos Rodrigues (2010, p. 13), renomado biógrafo de João do Rio, o autor foi um *renovador histórico da imprensa brasileira*, pois soube criar um gênero particular, resultado da hibridização entre a reportagem e a crônica. Contudo, sua atuação não se limitou ao campo do jornalismo; são também notáveis as suas contribuições nos campos da antropologia, da literatura, da tradução e do teatro – feitos que lhe garantiram diversas menções honrosas. Além de ser eleito como correspondente estrangeiro da Academia de Ciências de Lisboa, o escritor foi também homenageado com a honraria que é considerada como o ápice do reconhecimento para um beletrista: a Academia Brasileira de Letras.

A singularidade de João do Rio se manifesta, em meio a muitos outros pontos, através da coragem que o fizeram abordar questões que, nos dias de hoje, são debatidas com uma considerável liberdade, mas que, àquela época, eram vistas como tabu. João do Rio era um homem negro e homossexual que sobreviveu às amarras sociais e aos inúmeros detratores de seu tempo, tornando-se um artista multifacetado e complexo. Suas obras colocam em evidência pautas importantes como religião, sexualidade, raça, a diferença de classes e a hipocrisia dos padrões burgueses e moralizantes.

Por ser *do Rio*, muito reconhecida é a sua relação simbiótica com a Cidade Maravilhosa. João conheceu intimamente essa paisagem urbana e os seus respectivos habitantes, vislumbrando tanto os que desfilavam pelas avenidas quanto os que se escondiam e *se arrastavam* por trás dos bulevares. Como consequência, a cidade tornou-se um personagem vivo e pulsante de suas criações.

À época de publicação da presente obra, o Rio de Janeiro passava por consideráveis mudanças, que nem mesmo a ficção seria capaz de explicar. A reforma Pereira Passos, empreendida durante o mandato do então presidente Francisco de Paula Rodrigues Alves (1902-1906), prometeu livrar-se da imagem de uma cidade decadente, foco do caos urbano, da criminalidade e das inúmeras mortes ocasionadas por epidemias e pelas más condições sanitárias. Com isso, os cariocas puderam presenciar algumas melhorias como a evolução do tratamento de esgoto e da política sanitária, a ampliação da iluminação pública e o planejamento urbano de algumas ruas e estradas. O Rio renascia e ganhava contornos modernos baseados na remodelação urbana de Paris, empreendida na segunda metade do século XIX por Georges-Eugène Haussmann.

Porém, o glamour da modernização não alcançou todos os que ali viviam. A política do *bota-abaixo,* instaurada por Pereira Passos, fez com que somente uma parte superficial dos problemas sociais e estruturais do Rio de Janeiro fosse sanada e, como resultado, um grupo privilegiado que já gozava de certas regalias em decorrência de um alto acúmulo de capital passou a ter ainda mais comodidades e a vivenciar uma era de ouro, conhecida como a *Belle Époque Brasileira.* Do lado oposto aos salões de baile, teatros e rodas intelectuais, a política higienista atingiu milhares de pessoas em contexto de vulnerabilidade social e muitos residentes de cortiços, estalagens e habitações precarizadas foram marginalizados e expulsos de suas próprias residências.



Além das citadas modificações urbanas, a virada do século XIX para o início do século XX foi um período marcado por eventos como a Abolição da Escravatura, a Revolta da Vacina e a demolição de algumas áreas como o Morro do Castelo, o Morro de Santo Antônio e o Morro do Senado – fato que promoveu o deslocamento forçado da maioria dos habitantes e corroborou a formação das primeiras favelas do Rio de Janeiro. E é em meio a esse cenário insuflado por desigualdades, revoltas e bruscas transmutações que João do Rio elaborou sua poética.

Do interesse de João do Rio pelo material humano e por seus respectivos hábitos e costumes surgem seus livros de caráter etnográfico. Em *As religiões do Rio* (1904), o autor discute um aspecto importante para a composição da cultura brasileira: as crenças. Através de uma série de reportagens publicadas no jornal *Gazeta do Rio* que posteriormente se tornariam um volume único, ele descreveu movimentos religiosos que ganhavam força na cidade. As opiniões polêmicas de João do Rio (2013, p. 4) mesclam-se com seus registros comprometidos e ponderados acerca dos hábitos de cada uma das comunidades religiosas: "A religião? Um misterioso sentimento, misto de terror e de esperança, a simbolização lúgubre ou alegre de um poder que não temos e almejamos ter, o desconhecido avassalador, o equívoco, o medo, a perversidade"

O pioneirismo do jornalista concentra-se tanto na sua metodologia de pesquisa que descreve de forma inédita a prática de diversas religiões, quanto na hibridização de seu texto que mesclava o gênero documental, a crônica, a ficção, a antropologia e a historiografia ao retratar práticas e rituais das crenças estudadas. Dentre as religiões mencionadas, destacam-se o Candomblé, o Espiritismo, as tradições das Igrejas Católicas e Evangélicas, o Satanismo e outras manifestações igualmente importantes.

Também de aspecto etnográfico, *A alma encantadora das ruas* (1908), consiste em uma espécie de compilado sobre personagens marginalizadas que preenchiam a cidade; tatuadores, mendigas, prostitutas, detentos – e detentas. João do Rio (1995, p. 3) dá início à obra com a seguinte citação, uma espécie de declaração de amor aos espaços urbanos, marginalizados: "Eu amo a rua. Esse sentimento de natureza toda íntima não vos seria revelado por mim se não julgasse, e razões não tivesse para julgar, que este amor assim absoluto e assim exagerado é partilhado por todos vós". Em sua criação, a Rua é como uma Musa inspiradora, igualitária, *do povo*, que preenche todos os espaços e antecipa todas as nevroses e ansiedades da população.



As duas obras citadas dão a João do Rio parte do vigor e da notoriedade que o imortalizariam no cânone literário brasileiro. E, em 1910, ao publicar a coletânea de contos *Dentro da Noite,* o livro que você tem em mãos, o dândi dos trópicos reafirmou seu contínuo interesse pela cidade do Rio de Janeiro e elaborou uma narrativa alimentada pela constante tensão entre a dura realidade urbana – atravessada pela desigualdade e pela insegurança – e uma fervilhante vida intelectual e boêmia.

Na coletânea em questão, o autor retratou uma série de personagens marginalizados por suas condições econômicas, crenças, sexualidade e hábitos questionáveis — como o sadismo, o uso de drogas ou o vício em jogos de azar. Essas figuras que perambulavam pelas ruas cariocas compunham um vasto leque de personagens da *Belle Époque* carioca, mas, ao mesmo tempo, faziam parte de um cenário caótico, corrompido, certamente incompatível com o projeto de higienização urbana idealizado por Pereira Passos. Interessante notar que, junto desses personagens à margem, viscondessas, condes e barões flanavam nos contos de Rio: personagens ricos, bem-educados e elegantes, mas que são responsáveis por diversos atos contraditórios e desumanos, de modo a demonstrar como a perversidade não está intrinsecamente ligada à noção de precariedade.

*Dentro da noite* se distancia parcialmente da etnografia e se destaca pela elegância do texto de João do Rio, cujas longas e minuciosas descrições dos ambientes internos e o excesso de detalhamento e ornamentação dos cenários, caso fossem executados pelas mãos erradas, soariam maçantes. O seu estilo de escrita emulava as narrativas francesas finisseculares e, através dessa afinidade, é possível discernir uma das principais orientações estéticas de João do Rio: o Decadentismo.



Segundo Omar Messer Levin (1996, p. 32) em sua obra *As figurações do dândi: um estudo sobre a obra de João do Rio* (1996), a ideia de decadência enquanto movimento literário aparece pela primeira vez de forma teórica na França, através do livro *Études de critique et de moeurs sur les poètes latins de la décadence* [Estudos de crítica e de costumes sobre os poetas latinos da decadência] (1834), escrito por Desiré Nisard. O Decadentismo consiste em uma corrente artística e literária que apresentou uma série de desdobramentos em outras partes do globo e ficou conhecido pela singularidade de seus temas e textos que rompiam com certos ideais do Romantismo. Além disso, o movimento foi considerado por muitos escritores e críticos como frívolo graças à indiferença dos artistas decadentes em relação aos homens e às questões humanitárias, além de uma excessiva preocupação com a arte e a estética.

Todavia, seria um grande equívoco afirmar que o artista decadente é um alienado em busca de prazer. Umberto Eco (2022,

p. 350) em sua obra *História da Feiura* (2007) afirma que o Decadentismo surge como uma espécie de resposta às ameaças causadas pela Modernidade, pelo período industrial, pelo surgimento da cultura de massa e pela reprodução artística em larga escala. Em suas *torres de marfim*, os artistas decadentes, longe de se omitirem, criam certos pontos de fratura com a realidade que questionam os novos valores da virada do século, através de narrativas que mesclam o Horror, o Grotesco, e a obsessão pela beleza.

No ramo da literatura, o Decadentismo tem o seu alvorecer na França, através da poesia de Charles Baudelaire (1821 - 1867) e sua obra *Les Fleurs du mal* [Flores do mal] (1857) e, no ramo da prosa, através de boa parte da poética de Joris-Karl Huysmans (1848 - 1907). No entanto, o movimento não se restringiu à sua gênese francesa e reverberou em outras nações através de relevantes contribuições como as do irlandês Oscar Wilde (1854 - 1900), e do italiano Gabriele d'Annunzio (1863 - 1938). No Brasil, é indiscutível que esse movimento tenha se destacado graças aos escritos de João do Rio, que emprestou à estética decadente as cores - e mazelas - de nossa nação.



Em muitos contos pertencentes à antologia *Dentro da noite*, o leitor poderá constatar de que forma João do Rio importou o Decadentismo para terras brasileiras. Todavia, o autor optou por manter o requinte decadente à moda francesa que se manifesta em detalhes que elucidam, ao mesmo tempo, o *bom gosto* dos personagens e o apreço por objetos de arte. Os salões de baile, as recepções, os jantares e as rodas de conversa são cuidadosamente ornamentados - e é justamente nesse ponto que consiste a sua maior transgressão. Esse *saguão narrativo* que impressiona o leitor pela sua pompa e circunstância, nem sempre acompanha o teor macabro e perturbador de suas histórias. Alguns contos iniciam-se em elegantes *soirées* onde um dos convivas começa a contar um estranho caso - em tom de fofoca, desabafo ou confissão - que inevitavelmente culmina em situações horripilantes, desconfortáveis, insólitas ou grotescas.

Em *Dentro da Noite*, o leitor vislumbrará um desfile de temas incômodos, desafiadores, ultrajantes e atuais. E na epígrafe da primeira edição do livro estão estampadas as palavras do Rei Davi:

"Preservai-nos, senhor, das coisas terríficas que andam à noite". As *coisas terríficas* que andam à noite manifestam-se através de personagens monstruosos e complexos e, à guisa de exemplo, apresentaremos a seguir algumas das narrativas que poderiam exemplificar a célebre citação do Rei Davi.

Através de personagens como a Elisa do conto *História de gente alegre* veremos uma das facetas da expressão da sexualidade feminina que, àquela época, era suprimida pelo cânone literário: "É feia, não deve agradar aos homens, mas presta-se a todos os pequenos serviços dessas damas. Escreve cartas, arranja entrevistas, tem conhecimentos, e dizem-na com todos os vícios, desde o abuso do éter até o unisexualismo". Elisa, uma jovem lésbica apaixonada por Elsa, a prostituta mais bela da cidade, se envolve em uma espiral de obsessão que, naturalmente, resulta em uma morte trágica. Embora ela seja retratada como uma espécie de aberração, o olhar curioso de João do Rio, ele também homossexual, não deixou que essas personagens fossem banidas de suas estórias, mesmo que fossem retratadas de maneira questionável.



Numerosos tipos de vícios são descritos na antologia, como aquele em drogas, mas também o vício em jogo ou em perversões muito específicas. Em *Dentro da noite,* conto que dá nome ao livro, o leitor acompanhará a saga de um homem tomado pelo sadismo. Sua obsessão consiste em um prazer indescritível de torturar mulheres através de procedimentos furtivos como enterrar alfinetes em braços femininos, uma ação que, embora pareça simples e até infantil, muda completamente o rumo dos personagens.

*Emoções* narra a história do barão de Belfort, um homem de personalidade peculiar, que segundo Júlio França (2024, p. 112) pode ser lido como uma espécie de versão tropical de Lord Henry Wotton, o personagem que seduz o protagonista do romance *O retrato de Dorian Gray* (1890), de Oscar Wilde. No conto, o barão vicia propositalmente outros homens em jogos de azar, corrompendo-os de modo a poder acompanhar a saga de perdição de um viciado que, de forma inevitável, culmina em ruína e degradação. Sem nenhum objetivo específico, o barão continua a regozijar-se no desespero e na miséria daqueles que confiam na sorte e põe tudo a perder.

De caráter mais obscuro e com evidentes traços de Horror, o conto *O bebê da tarlatana rosa* inicia-se no marasmo de uma sala de intelectuais que anseiam por histórias bizarras e que são saciados por Heitor de Alencar, o excêntrico narrador. A aventura de Heitor exala erotismo, mas essa refinada sensação é assolada por um clima sufocante e nauseabundo. Não se trata de um horror sobrenatural, porém, não deixa de evidenciar um lado obscuro da sociedade carioca, sob o pano de fundo da alegria e dos prazeres da festa da carne. É dentro do espaço-tempo do Carnaval que João do Rio dá o seu golpe de mestre: adiciona elementos terrificantes à festa das cores, das fantasias, do riso e da alegria.

O Carnaval é descrito da seguinte maneira: "[...] Não havia o que temer e a gente conseguia realizar o maior desejo: acanalhar-se, enlamear-se bem. Naturalmente fomos, e era uma desolação com pretas beiçudas e desdentadas esparramando belbutinas fedorentas pelo estrado da banda militar". Em meio ao cenário de sujidade e degradação que inclusive destaca uma visão negativa acerca de personagens negros, uma bela mulher fantasiada de bebê belisca Heitor, acendendo nele um desejo vivo. No entanto, o *bebê da tarlatana rosa* esconde um segredo que envolve elementos femininos, sexualidade e descrições grotescas acerca de deformidades e possíveis condições de enfermidade.



Ainda sob o filão do horror, o conto *A peste* parece tão atual quanto o nefasto período de pandemia que presenciamos muito recentemente em decorrência da Covid-19. No conto, a cidade é assolada pela *Bexiga*, isto é, a varíola que, segundo a OMS (Organização Mundial de Saúde), encontra-se erradicada desde os anos 80, mas que, durante o século XIX, foi responsável por um número não insignificante de mortes. No conto, toda a gente que no início ria-se da epidemia foi, pouco a pouco, tomada de precauções, quininos, dietas e antissépticos; mas esse zelo não impediu que a *peste* vitimasse aqueles que cruzavam o seu caminho. A incômoda descrição das mortes e do estado dos pacientes que são tomados pela moléstia é, sem sombra de dúvida, uma das mais marcantes da época, e não poupa o leitor de elementos sinestésicos utilizados para a construção de um quadro perturbador.

João do Rio ascendeu profissional e socialmente por meio de sua ousadia, pela sua genialidade e pelas inovações empreendidas no meio da literatura e no ramo jornalístico. Como consequência, a sua rápida ascensão lhe garantiu inimigos e admiradores – em igual proporção – como revela o evento de sua morte, ocorrida em 21 de junho de 1921, marcado por um cortejo de mais de cem mil pessoas, dentre curiosos, simpatizantes e rivais. Conforme explicitamos ao longo deste prefácio, o autor teceu uma intrincada colcha de retalhos acerca da sociedade brasileira, que funciona até os dias de hoje como uma espécie de inventário que descreve as contradições enfrentadas pela tardia *Belle Époque* carioca. A produção do escritor compreende desde comentários descritivos e menos subjetivos de cunho social até os paroxismos do Horror, expressos em personagens corrompidos e mergulhados nos pesadelos mais profundos de um artista decadente.

Dito isso, caso o leitor deseje aventurar-se pelas avenidas, vielas e becos de *Dentro da noite*, caminhando lado a lado com João do Rio pelos bairros de uma cidade que pode ser, ao mesmo tempo, elegante e sombria, asseguramos que estará em boas mãos. Conhecer o seu legado é como enxergar a multiplicidade da cultura brasileira – e, mais especificamente, a carioca – e os seus respectivos erros e acertos. O eterno dândi dos trópicos, junto a um seleto grupo de artistas da decadência, nos presenteou com a sua sólida e complexa contribuição para o entendimento da *psiquê* humana, fato que permite a nós, leitores, mesmo cem anos depois de sua morte, compreender que a luz e a sombra podem conviver no mesmo plano.

# Dentro da noite

— Então, causou sensação?

— Tanto mais quanto era inexplicável. Tu amavas a Clotilde, não? Ela, coitadita, parecia louca por ti, e os pais estavam radiantes de alegria. De repente, súbita transformação. Tu desapareces, a família fecha os salões como se estivesse de luto pesado. Clotilde chora... Evidentemente havia um mistério, uma dessas coisas capazes de fazer os espíritos imaginosos arquitetarem dramas horrendos. Por felicidade, o juízo geral é contra o teu procedimento.

— Contra mim?

— Podia ser contra a pureza da Clotilde. Graças aos deuses, porém, é contra ti. Eu mesmo concordaria com o Prates que te chama velhaco, se não viesse encontrar o nosso Rodolfo, agora, onze da noite, por tamanha intempérie metido num trem de subúrbio, com o ar desvairado...

— Eu tenho o ar desvairado?

— Absolutamente desvairado.

— Vê-se?

— É claro. Pobre amigo! Então, sofreste muito? Conta lá. Estás pálido, suando apesar da temperatura fria, e com um olhar tão estranho, tão esquisito. Parece que bebeste e que choraste. Conta lá.

Nunca pensei encontrar o Rodolfo Queiroz, o mais elegante artista desta terra, num trem de subúrbio, às onze de uma noite de temporal. É curioso. Ocultas os pesares nas matas suburbanas? Estás a fazer passeios de vício perigoso?

O trem rasgara a treva num silvo alanhante, e de novo cavalava sobre os trilhos. Um sino enorme ia com ele badalando, e pelas portinholas do vagão viam-se, a marginar a estrada, as luzes das casas ainda abertas, os silvedos empapados d'água e a chuva lastimável a tecer o seu infindável véu de lágrimas. Percebi então que o sujeito gordo da banqueta próxima — o que falava mais — dizia para o outro:

— Mas como tremes, criatura de Deus! Estás doente?

O outro sorriu desanimado.

— Não; estou nervoso, estou com a maldita crise.

E como o gordo esperasse:

— Oh, meu caro, o Prates tem razão! E teve razão a família de Clotilde e tens razão tu cujo olhar é de assustada piedade. Sou um miserável desvairado, sou um infame desgraçado.



— Mas que é isto, Rodolfo?

— Que é isto! É o fim, meu bom amigo, é o meu fim. Não há quem não tenha o seu vício, a sua tara, a sua brecha. Eu tenho um vício que é positivamente a loucura. Luto, resisto, grito, debato-me, não quero, não quero, mas o vício vem vindo a rir, toma-me a mão, faz-me inconsciente, apodera-se de mim. Estou com a crise. Lembras-te da Jeanne Dambreuil quando se picava com morfina? Lembras-te do João Guedes quando nos convidava para as *fumeries*[1] de ópio? Sabiam ambos que acabavam a vida e não podiam resistir. Eu quero resistir e não posso. Estás a conversar com um homem que se sente doido.

— Tomas morfina, agora? Foi o desgosto decerto...

O rapaz que tinha o olhar desvairado perscrutou o vagão. Não havia ninguém mais — a não ser eu, e eu dormia profundamente... Ele então se aproximou do sujeito gordo, numa ânsia de explicações.

— Foi de repente, Justino. Nunca pensei! Eu era um homem regular, de bons instintos, com uma família honesta. Ia casar com a Clotilde, ser de bondade a que amava perdidamente. E uma noite estávamos no baile das Praxedes, quando a Clotilde apareceu decotada, com os braços nus. Que braços! Eram delicadíssimos, de uma beleza ingênua e comovedora, meio infantil, meio mulher — a beleza dos braços das Oréadas[2] pintadas por Botticeli, misto de castidade mística e de alegria pagã. Tive um estremecimento. Ciúmes? Não. Era um estado que nunca se apossara de mim: a vontade de tê-los só para os meus olhos, de beijá-los, de acariciá-los, mas principalmente de fazê-los sofrer. Fui ao encontro da pobre rapariga fazendo um enorme esforço, porque o meu desejo era agarrar-lhe os braços, sacudi-los, apertá-los com toda a força, fazer-lhes manchas negras, bem negras, feri-los... Por quê? Não sei, nem eu mesmo sei — uma nevrose! Essa noite passei-a numa agitação incrível. Mas contive-me. Contive-me dias, meses, um longo tempo, com pavor do que poderia acontecer. O desejo, porém, ficou, cresceu, brotou, arraigou-se na minha pobre alma. No primeiro instante, a minha vontade era bater-lhe com pesos, brutalmente. Agora a grande vontade era de espetá-los, de enterrar-lhes longos alfinetes, de cosê-los devagarinho, a picadas. E junto de Clotilde, por mais compridas que trouxesse as mangas, eu via esses braços nus como na primeira noite, via a sua forma grácil e suave, sentia a finura da pele e imaginava a súbita estremeção quando pudesse enterrar o primeiro alfinete, escolhia posições, compunha o prazer diante daquele susto de carne que havia de sentir.

— Que horror!

— Afinal, uma outra vez, encontrei-a na *sauteríe*[3] da viscondessa de Lages, com um vestido em que as mangas eram de gaze. Os seus braços — oh, que braços, Justino! Que braços! — estavam quase nus. Quando Clotilde os erguia, parecia uma ninfa que fosse se metamorfoseando em anjo. No canto da varanda, entre as roseiras, ela me disse: "Rodolfo, que olhar o seu. Está zangado?" Não foi possível reter o desejo que me punha a tremer, rangendo os dentes. "Oh! Não!", fiz. "Estou apenas com vontade de espetar este alfinete no seu braço." Sabes como é pura a Clotilde. A pobrezinha olhou-

-me assustada, pensou, sorriu com tristeza: "Se não quer que eu mostre os braços, por que não me disse há mais tempo, Rodolfo? Diga, é isso que o faz zangado?" "É, é isso, Clotilde." E rindo — como esse riso devia parecer idiota! — continuei: "É preciso pagar ao meu ciúme a sua dívida de sangue. Deixe espetar o alfinete." "Está louco, Rodolfo?"

"'Que tem?' 'Vai fazer-me doer.' 'Não dói.' 'E o sangue?' 'Beberei essa gota de sangue como a ambrosia do esquecimento.' E dei por mim, quase de joelhos, implorando, suplicando, inventando frases, com um gosto de sangue na boca e as frontes a bater, a bater... Clotilde por fim estava atordoada, vencida, não compreendendo bem se devia ou não resistir. Ah, meu caro, as mulheres! Que estranho fundo de bondade, de submissão, de desejo, de dedicação inconsciente tem uma pobre menina! Ao cabo de um certo tempo, ela curvou a cabeça, murmurou num suspiro 'Bem, Rodolfo, faça... mas devagar, Rodolfo! Há de doer tanto!' E os seus dois braços tremiam.

"Tirei da botoeira da casaca um alfinete e, nervoso, nervoso como se fosse amar pela primeira vez, escolhi o lugar, passei a mão, senti a pele macia e enterrei-o. Foi como se fisgasse uma pétala de camélia, mas deu-me um gozo complexo de que participavam todos os meus sentidos. Ela teve um ah! de dor, levou o lenço ao sítio picado, e disse, magoadamente: 'Mau!'

"Ah! Justino, não dormi. Deitado, a delícia daquela carne que sofrera por meu desejo, a sensação do aço afundando devagar no braço da minha noiva, dava-me espasmos de horror! Que prazer tremendo! E apertando os varões da cama, mordendo a travesseira, eu tinha a certeza de que dentro de mim rebentara a moléstia incurável. Ao mesmo tempo que forçava o pensamento a dizer nunca mais farei essa infâmia, todos os meus nervos latejavam: voltas amanhã; tens que gozar de novo o supremo prazer! Era o delírio, era a moléstia, era o meu horror..."

Houve um silêncio. O trem corria em plena treva, acordando os campos com o desesperado badalar da máquina. O sujeito gordo tirou a carteira e acendeu uma cigarreta.

— Caso muito interessante, Rodolfo. Não há dúvida de que é uma degeneração sexual, mas o altruísmo de S. Francisco de Assis também é degeneração, e o amor de Santa Teresa não foi outra coisa. Sabes que Rousseau tinha pouco mais ou menos esse mal? És mais um tipo a enriquecer a série enorme dos discípulos do marquês de Sade. Um homem de espírito já definiu o sadismo: a depravação intelectual do assassinato. És um *Jack-the-ripper*-civilizado[4], contentas-te com enterrar alfinetes nos braços. Não te assustes.

O outro resfolegava, com a cabeça entre as mãos.

— Não rias, Justino. Estás a tecer paradoxos diante de uma criatura já do outro lado da vida normal. É lúgubre.

— Então continuaste?

— Sim, continuei, voltei, imediatamente. No dia seguinte, à noitinha, estava na casa de Clotilde, e com um desejo louco, desvairado. Nós conversávamos na sala de visitas. Os velhos ficavam por ali a montar guarda. Eu e a Clotilde íamos para o fundo, para o sofá. Logo ao entrar tive o instinto de que podia praticar a minha infâmia na penumbra da sala, enquanto o pai conversasse. Estava tão agitado que o velho exclamou: "Parece, Rodolfo, que vieste a correr para não perder a festa."

"Eu estava louco, apenas. Não poderás nunca imaginar o caos da minha alma naqueles momentos em que estive a seu lado no sofá, o *maelstrom*[5] de angústias, de esforços, de desejos, a luta da razão e do mal, o mal que senti me saltar à garganta, tomar-me a mão, ir agir, ir agir... Quando ao cabo de alguns minutos acariciei-lhe na sombra o braço, por cima da manga, numa carícia lenta que subia das mãos para os ombros, entre os dedos senti que já tinha o alfinete, o alfinete pavoroso. Então fechei os olhos, encolhi-me, encolhi-me, e finquei.

"Ela estremeceu, suspirou. Eu tive logo um relaxamento de nervos, uma doce acalmia. Passara a crise com a satisfação, mas sobre os meus olhos os olhos de Clotilde se fixaram enormes e eu vi que ela compreendia vagamente tudo, que ela descobria o seu infortúnio e a minha infâmia. Como era nobre, porém! Não disse uma palavra. Era a desgraça. Que se havia de fazer?...

“Então depois, Justino, sabes?, foi todo o dia. Não lhe via a carne, mas sentia-a marcada, ferida. Cosi-lhe os braços! Por último perguntava: ‘Fez sangue, ontem?’ E ela pálida e triste, num suspiro de rola: ‘Fez…’ Pobre Clotilde! A que ponto eu chegara, na necessidade de saber se doera bem, se ferira bem, se estragara bem! E no quarto, à noite, vinham-me grandes pavores súbitos ao pensar no casamento porque sabia que se a tivesse toda havia de lhe picar a carne virginal nos braços, no dorso, nos seios… Justino, que tristeza!…”

De novo a voz calou-se. O trem continuava aos solavancos na tempestade, e pareceu-me ouvir o rapaz soluçar. O outro, porém, estava interessado e indagou:

— Mas então, como te saíste?

— Em um mês ela emagreceu, perdeu as cores. Os seus dois olhos negros ardiam aumentados pelas olheiras roxas. Já não tinha risos. Quando eu chegava, fechava-se no quarto, no desejo de espaçar a hora do tormento. Era a mãe que a ia buscar. “Minha filha, o Rodolfo chegou. Avia-te.” E lá de dentro: “Já vou, mãe”. Que dor eu tinha quando a via aparecer sem uma palavra! Sentava-se à janela, consertava as flores da jarra, hesitava, até que sem forças vinha tombar a meu lado, no sofá, como esses pobres pássaros que as serpentes fascinam. Afinal, há dois meses, uma criada viu-lhe os braços, deu o alarme. Clotilde foi interrogada, confessou tudo numa onda de soluços. Nessa mesma tarde recebi uma carta seca do velho pai desfazendo o compromisso e falando em crimes que estão com penas no código.



— E fugiste?

— Não fugi; rolei, perdi-me. Nada mais resta do antigo Rodolfo. Sou outro homem, tenho outra alma, outra voz, outras ideias. Assisto-me endoidecer. Perder a Clotilde foi para mim o soçobramento total. Para esquecê-la percorri os lugares de má fama, aluguei por muito dinheiro a dor das mulheres infames, frequentei alcouces[6]. Até aí o meu perfil foi dentro em pouco o terror. As mulheres apontavam-me a sorrir, mas um sorriso de medo, de horror.

“A pedir, a rogar um instante de calma eu corria às vezes ruas inteiras da Suburra[7], numa enxurrada de apodos. Esses entes querem apanhar do amante, sofrem lanhos na fúria do amor, mas tremem de nojo assustado diante do ser que pausadamente e sem cólera lhes enterra alfinetes. Eu era ridículo e pavoroso. Dei então para agir livremente, ao acaso, sem dar satisfações, nas desconhecidas. Gozo agora nos *tramways*[8], nos *music-halls*, nos comboios dos caminhos de ferro, nas ruas. É muito mais simples. Aproximo-me, tomo posição, enterro sem dó o alfinete. Elas gritam, às vezes. Eu peço desculpa. Uma já me esbofeteou. Mas ninguém descobre se foi proposital. Gosto mais das magras, as que parecem doentes."

A voz do desvairado tornara-se metálica, outra vez. De novo, porém, a envolveu um tremor assustado.

— Quando te encontrei, Justino, vinha a acompanhar uma rapariga magrinha. Estou com a crise, estou... O teu pobre amigo está perdido, o teu pobre amigo vai ficar louco...

De repente, num entrechocar de todos os vagões, o comboio parou. Estávamos numa estação suja, iluminada vagamente. Dois ou três empregados apareceram com lanternas rubras e verdes. Apitos trilaram. Nesse momento, uma menina loura com um guarda-chuva a pingar apareceu, espiou o vagão, caminhou para outro, entrou. O rapaz pôs-se de pé logo.



— Adeus.

— Saltas aqui?

— Salto.

— Mas que vais fazer?

— Não posso, deixa-me! Adeus!

Saiu, hesitou um instante. De novo os apitos trilaram. O trem teve um arranco. O rapaz apertou a cabeça com as duas mãos como se quisesse reter um irresistível impulso. Houve um silvo. A enorme massa resfolegando rangeu por sobre os trilhos. O rapaz olhou para os lados, consultou a botoeira, correu para o vagão onde desaparecera a menina loura. Logo o comboio partiu. O homem gordo recolheu a sua curiosidade, mais pálido, fazendo subir a vidraça da janela. Depois se estendeu na banqueta. Eu estava incapaz de erguer-me, imaginando ouvir a cada instante um grito doloroso no outro vagão, em que estava a menina loura. Mas o comboio rasgara a treva com outro silvo, cavalgando os trilhos vertiginosamente. Através das vidraças molhadas viam-se numa correria fantástica as luzes das casas ainda abertas, as sebes empapadas d'água sob a chuva torrencial. E à frente, no alto da locomotiva, como o rebate do desespero, o enorme sino reboava, acordando a noite, enchendo a treva de um clamor de desgraça e de delírio.

# Emoções

*A Henrique de Vasconcellos*

Ontem, às seis horas da tarde, fui buscar ao clube da rua do Passeio o velho barão Belfort, que me prometera mostrar, três dias antes, a sua cara coleção de esmaltes árabes. O barão jogava e perdia com um moço febril, que à lapela trazia um crisântemo amarelo, da cor da sua tez. Ao ver-me, disse amavelmente:

— Estamos a jogar. O Osvaldo ganha como um inglês e com a alucinação de um brasileiro.

Estou perdendo e apreciando este bom Osvaldo, que ainda tem emoções.

Os seus olhares seguiam, frios e argutos, o jogo do bom Osvaldo, e, a cada cartada, tamborilando os dedos na mesa, Belfort sorria um sorriso mau, entre desconfiado e satisfeito. De repente, porém, as pupilas acenderam-se-lhe. Pôs as duas mãos nervosas na mesa e perguntou, enquanto mais pálido o moço estacava:

— E tu, não jogas?

— Não.

— Fazes bem. Um escritor do tempo de Balzac dizia que o jogo era para a mocidade o veneno da perdição. O veneno! Ora, vê tu, o veneno!

Sorriu com delicadeza.

— O Osvaldo permite? Vou embora sem mais um real. Até amanhã. E não deixe de tomar água de flor de laranja...

Levantou-se, mirou as unhas brunidas, mirou a gravata, e saiu, deixando o jovem só naquele salão que o pleno verão tornara deserto. Acompanhei-o, não sem olhar para trás. O moço pendia a cabeça na sombra e, assim pálido, com um pálido crisântemo, os seus olhos tinham chispas de susto e de prazer.

Embaixo, no vestiário, o barão deixou que lhe enfiassem o paletó, mandou chamar o *coupé*[9], e partimos discretamente, sob a tarde luminosa e cor de pérola. Belfort aconchegou-se à almofada de cetim malva, acendeu uma cigarrilha do Egito com o seu monograma em ouro, e, enquanto o carro rodava, indagou:

— Que tal achaste o Osvaldo? É o meu estudo agora. Havia meia hora que me roubava escandalosamente... Não lhe disse nada. Ainda é possível salvá-lo... 

— Quer perdê-lo? — indaguei habituado às excentricidades desse álgido ser.

— Oh! Não, quero gozá-lo. Tu sabes, o homem é um animal que gosta. O gosto é que varia. Eu gosto de ver as emoções alheias, não chego a ser o bisbilhoteiro das taras do próximo, mas sou o gozador das grandes emoções de em torno. Ver sentir, forçar as paixões, os delírios, os paroxismos sentimentais dos outros é a mais delicada das observações e a mais fina emoção.

— Oh! Ser horrível e macabro!

— Seja; horrível, macabro, mas delicado. É por isso que eu não quero perder o Osvaldo, quero apenas gozá-lo. Preciso não limitar a minha ação humana aos passeios pelo Oriente, às coleções autênticas e a alguns deboches nos restaurantes de grão tom. Mas daí a perdê-lo, *c'est trop fort*...

— Pois não imagina o mal que fez ao pobre Osvaldo. O rapaz estava horrivelmente pálido!

— Tal qual como o outro. Que exemplar, meu caro! Que caso admirável! Esse pequeno há seis meses odiava a víspora[10]. Hoje tem a voracidade de ganhar, e tamanha que já rouba. Amanhã arde, queima, rebenta numa banca de jogo. Ah! O jogo! É o único instinto de perdição que ainda desencadeia tempestades nos nervos da humanidade. O Osvaldinho é tal qual o outro, o Chinês, a minha última observação.

— O Chinês?

Belfort soprou o fumo da cigarrilha, sorrindo.

— Imagina que vai para um ano fui apresentado a um rapaz chamado Praxedes, filho de uma chinesa e de um negociante português em Macau. O homem falava inglês, estava no comércio, e vinha de Xangai com um carregamento de poterias e bronzes por contrabando para vender. Simpatizei com ele. Era imberbe, ativo, paciente, dizia a cada instante frases amáveis, e casara com uma



interessante rapariga, a Clotilde — Clô para os íntimos. Conversou da China, dos *boxers*[11], confessou o contrabando e levou-me a vê-lo. Que vida feliz a daquele casal!

"O Praxedes saía pela manhã, trabalhava, voltava para o jantar, e não se largava mais de junto da Clô. Não tinha um vício, nunca tivera um vício, era um chinês espantoso, sem dragões e sem vícios! Estudei-o, analisei-o. Nada. Legislativamente moral.

"Uma noite em que o convidara para jantar, jogamos. Adivinharia alguém que cratera esperava o momento de rebentar nessa alma tranquila? A senhora, a Clotilde, cantava no meu piano, com voz triste, a ária do suicídio da detestável *Gioconda*. Eu estava receoso que depois surgissem variações sobre o bailado das Horas. Disse-lhe despreocupado: 'Quer jogar?' 'Não sei.' 'É sempre agradável ensinar mesmo o vício.' 'Então ensine.' Pegou das cartas, olhou-as indiferente, mas as minhas palavras ouvia-as desvanecedoramente. Jogamos a primeira partida. Os seus olhos começaram a luzir. Jogamos outra. 'Mas isso assim sem dinheiro? Ponhamos dois tostões.' 'Pois seja.' 'Perdi.' 'Redobra-se a parada?' 'Oito tostões?' 'Sim.' 'Pois seja.' À meia-noite jogávamos a dez mil-réis, e Clotilde, muito cansada, já sem cantar, fazia inúteis esforços para o arrancar da mesa.

"Deitei-me sem conclusões, e só no dia seguinte, quando o chinês enleado[12] apareceu pedindo outra partida, é que compreendi o assombro. A paixão estalara — a paixão voraz, que corrói, escorcha, rebenta... Invejei-o, e, como homem delicado, joguei e perdi. No outro dia, Praxedes voltou. Levei-o ao clube, à roleta, donde saiu a ganhar pela madrugada.

"Ah! Meu caro, que cena! Que fina emoção! O jogo, quando empolga, domina e envolve o homem, é o mais belo vício da vida, é o enlouquecedor espetáculo de uma catástrofe sempre iminente, de um abismo em vertigem. O Chinês era patético. Com os dedos trêmulos, assoando-se de vez em quando, os olhos embaciados, quase vítreos, o Praxedes rouquejava num estertor silvante que parecia se agarrar desesperadamente à bola: 27, 15, 2ª dúzia! 27, 15, 2ª dúzia! E a bola corria, e a alma do pobre esfacelava-se na corrida, esforçando-se, puxando-a para o número desejado, num esforço que o tornava roxo...



"Jantei no clube só para não perder algumas horas o interesse desse espetáculo. Também durante três dias e três noites Praxedes não deixou a roleta. Estava pálido, fraco. A gente do clube, vendo-o ganhar, ganhar mesmo uma fortuna, já o tratava de dom Praxedes. Ao cabo de uma semana, entretanto, a *chance* desandou. Praxedes começou a perder bruscamente com gestos de alucinado, espalhando as fichas como quem arranca pedaços da própria carne.

"'Calma, meu caro, dizia-lhe eu.' 'Impossível! Impossível!', murmurava ele.

"Pediu-me dinheiro, dei-o, pediu a outros, lhe deram. Pediu mais — deixou de ser o dom Praxedes, recebeu recusas brutais. Acabou não voltando mais ao clube. Eu, porém, sentia-o em outros antros, definitivamente preso à sua cruz de horror, à cruz que cada homem tem de carregar na vida...

"Certa noite, meses depois, encontrei-o numa batota[13] da rua da Ajuda, com o fato enrugado e a gravata de lado. Correu para mim: 'Foi Deus que o trouxe. Estou farto de peruar[14]. Isto de mirone[15] não me serve. Empreste-me cinquenta mil-réis para arrumar tudo no 00. Ah! Está dando hoje escandalosamente. Faremos uma vaca[16]? Vai dar pela certa.'

"Agarrou a nota como um desesperado, precipitou-se na roda que cercava o *tableau* da direita: 'Tenho aqui cinquentão; esperem!' E caiu por cima dos outros, com o braço esticado.

"O *double-zero* falhou. Ele voltou cínico: 'É preciso insistir; deixe ver mais algum. Não dá? Olhe, escute aqui, hipoteco-lhe uma mobília de quarto, serve?'

"Compreendi então a descabida vertigem daquela queda. Tive pena. Arrastei-o quase à força para a rua, fi-lo contar-me a vida. Estava desempregado, abandonara o emprego, vendera o mobiliário, as joias da Clô, os vestidos, as roupas, mudara-se para uma casa menor e alugara a sala da frente. A cábula[17], a má sorte, a *guigne* perseguiam-no, e, pendido ao meu braço o miserável soluçava: 'Havemos de melhorar, empreste-me algum. Estou sem níquel!'



"Deixei-o sem níquel, mas fui ao outro dia ver a Clotilde, uma flor de beleza, com os olhos vermelhos de chorar e as roupas já estragadas. Ia sair, arranjar dinheiro... 'E seu marido? 'Meu marido está perdido. Anda por aí a jogar. Há dois dias não o vejo; hoje não comi...' 'Abandone-o!' 'Abandoná-lo, eu? E a sociedade, e ele? Que seria dele?' 'Ora, ele!' 'Ele ama-me, ama-me como dantes. Mas que quer? Veio-lhe a desgraça. Às vezes brigo, mas ele diz-me: Ai! Clô, que hei de fazer? É uma força, uma força que me puxa os músculos. Parece que desenrolaram uma bola de aço dentro de mim, tenho de jogar. E cai em prantos, por aí, tão triste, tão triste que até lhe vou arranjar dinheiro, que saio a pedir...'

"É espantoso, pois não? O homem tinha uma bola de aço e a fidelidade da mulher! Só esses seres especiais conseguem coisas tão difíceis!"

Um instante o barão calou-se. O *coupé* rolava pela praia, e a noite, caindo, desdobrava por sobre o mar a talagarça[18] fuliginosa das primeiras sombras.

— Respeitei a Clotilde, por sistema, já assustado com as proporções emocionais do marido. Ao outro dia, porém, Praxedes, com sorrisinhos equívocos na face escaveirada: 'Esteve com a Clô, hein? Conservada apesar da desgraça, a minha mulherzinha, pois não?...' Recuei assombrado. Aquele homem bom, digno no fundo, aquele homem que amava a mulher, para arranjar dinheiro com que satisfazer as cartas e a roleta, mercadejava-a aberta, cínica, despejadamente. 'Que queres tu?', indaguei áspero, 'Tem vergonha, vai, some-te!'

"'Hipoteco uma mobília. Só quinhentos, só quinhentos!'

"Era a alucinação. Corri-o, e esperei ansioso como quem espera o final de uma tragédia, porque tinha a certeza do paroxismo daquele vício. Afinal, há de haver seis meses, antes do meu encontro com o Osvaldo, li, na cama, às três da manhã, este bilhete desesperado 'Venha. Praxedes matou-se. Estou sem ninguém. Acuda-me. — Clô.'

"Ai! Menino, não sei o que senti. A minha vontade era ver, era saber, era acabar logo. Precipitei-me. Quando cheguei, às voltas com a polícia que queria levar o corpo para o necrotério, Clotilde, desgrenhada, com os lábios em sangue, caiu nos meus braços. 'Então, como foi isso?' 'Sei lá como foi! Tinha que ser! A desgraça! Estava doido. Hipotecou a mobília, os juros eram semanais. Não arranjei dinheiro e o judeu levou-a. Dormi no chão. Ontem não apareceu. Hoje estava eu a dormir quando o senti que caminhava. Risquei o fósforo. Era ele, lívido, embrulhando a casaca do casamento. Não sei o que me deu. 'Aonde vais?' 'Vou ver se arranjo uns cobres', respondeu. 'Preciso jogar, sinto uma ânsia, não posso mais.' 'Estás doido!' 'Não estou, Clô, não estou', fez ele arregalando os olhos. Eu fui cruel: 'Olha que se vendes a casaca ficas sem roupa para o enterro.' Ele parou. 'Para o enterro? Para o meu enterro? É melhor mesmo, é melhor mesmo, eu não posso mais!' E, de repente, desesperado, começou a bater com a cabeça pelas paredes. 'Praxedes! Praxedes! Não faças isso! Praxedes!' Gritei, solucei. Qual! Cada vez arrumava o crânio com mais força de encontro às quinas das portas. O som, ah! Esse som como me ensandece! Ainda o ouço! E ele todo em sangue, todo em sangue... Agarrei-o. Arrastou-me até a janela, voltou-

-se, deixou-se cair em cheio com a nuca na sacada, esticou o pescoço desesperadamente e rodou... Oh! O horror! Salve-me! Salve-me!'

"Abri o grupo dos agentes, fui ver Praxedes. Estava cor de cera, com a cabeça fendida e os lábios coagulados de sangue roxo. E o olhar vítreo, a mão recurva, assim, sob a luz da madrugada, pareciam seguir ainda e acompanhar o mal a que o impelira a sua bola de aço.

"Esse *record* de emoção desesperada prostrou-me. Nunca vi sentir tão vertiginosamente."

O carro parara. O barão saltou, subiu devagar as escadas de mármore, enquanto no interior do palacete retiniam campainhas elétricas.

— Preciso sentir vendo os outros sentir — fez mirando-se no alto espelho do vestiário. — Só assim tenho emoções. Garanto-te que o Osvaldo acaba como o chinês de Macau, mas, por outro meio, com a morfina talvez. Só os chineses morrem às cabeçadas por sentir demais!



E fomos jantar tranquilamente na sua mesa florida de cravos e anêmonas brancas.

# História de gente alegre

O terraço era admirável. A casa toda parecia mesmo ali pousada à beira dos horizontes sem fim como para admirá-los, e a luz dos pavimentos térreos, a iluminação dos salões de cima contrastava violenta com o macio esmaecer da tarde. Estávamos no Smart-Club, estávamos ambos no terraço do Smart-Club, esse maravilhoso terraço de vila do Estoril, dominando um lindo sítio da praia do Russel — as avenidas largas, o mar, a linha ardente do cais e o céu que tinha luminosidades polidas de faiança persa. Eram sete horas. Com o ardente verão ninguém tinha vontade de jantar. Tomava-se um aperitivo qualquer, embebendo os olhos na beleza confusa das cores do ocaso e no banho viride[19] de todo aquele verde em de redor. As salas lá em cima estavam vazias; a grande mesa de *baccarat*[20], onde algumas pequenas e alguns pequenos derretiam notas do banco — a descansar. O soalho envernizado brilhava. Os divãs[21] modorravam em fila encostados às paredes — os divãs que nesses clubes não têm muito trabalho. Os criados, vindos todos de Buenos Aires e de S. Paulo, criados italianos marca registrada como a melhor em Londres, no Cairo, em Nova York, empertigavam-se. E a viração era tão macia, um cheiro de salsugem[22] polvilhava a atmosfera tão levemente, que a vontade era de ficar ali muito tempo, sem fazer nada.

Mas a noite já estendia o seu negro brocado picado de estrelas e no *plein-air* do terraço começavam a chegar os *smart-diners*. Que curioso aspecto! Havia franceses condecorados, de gestos vulgares, ingleses de *smoking* e parasita à lapela, americanos de casaca e também de brim branco com sapatos de jogar o *foot-ball* e o *lawn-tenis*[23], os elegantes cariocas com risos artificiais, risos postiços, gestos a contragosto do corpo, todos bonecos vítimas da diversão *chantecler*, os *noceurs*[24] habituais, e os *michés*[25] ricos ou jogadores, cuja primeira refeição deve ser o jantar, e que apareciam de olheiras, a voz pastosa, pensando no *bac-chemin-de-fer*[26], no 9 de cara e nos pedidos do último *béguin*[27]. O prédio, mais uma "*vila*" da bacia do Mediterrâneo, ardia na noite serena, parecia a miragem dos astros do alto; as toalhas brancas, os cristais, os baldes de *christofle*[28] tinham reflexos. Por sobre as mesas corria como uma farândola[29] fantasista de pequenas velas com *capuchons*[30] coloridos, e vinha de cima uma valsa lânguida, uma dessas valsas de lento inebriar, que adejam voos de mariposas e têm fermatas que parecem espasmos. No meio daquela roda de homens, que se cumprimentavam rápidos, dizendo apenas as últimas sílabas das palavras: *B'jour*, Plo... Deus! *Goo*, iam chegando as *cocottes*[31], as modernas Aspásias[32] da insignificância.

Algumas vinham a arrastar vestidos de cinco mil francos; outras tinham atitudes simplistas dos primitivos italianos. Havia na sombra do terraço um desfilar de figuras que lembravam Rossetti e Heleu, Mirande e Herman-Paul, Capielo e Sem, Julião e também Abel Faivre, porque havia *cocottes* gordas, muito gordas e pintadas, ajaezadas de joias, suando e praguejando. Falavam todas línguas estrangeiras — o espanhol, o francês, o italiano, até o alemão com o predomínio do *parigot*, do *argot*, da *langue verte*[33]. Só se falava mesmo calão de *boulevard*[34]. Fora, à entrada, paravam as lanternas carbunculantes[35] dos autos, havia fonfons roucos, arrancos bruscos de máquinas H. P. 60. Aquele ambiente de internacionalismo à parisiense cheio do rumor de risos, de gluglus de garrafas, de piadas, era uma excitação para a gente chique. O barão André de Belfort, elegantíssimo na sua casaca impecável convidara-me para um jantar a dois em que se conversasse de arte antiga — porque ele tinha estudos pessoais sobre a noção da linha na Grécia de Péricles[36]. Evidentemente, antes de terminar o jantar teríamos a mesa guarnecida por alguma daquelas figurinhas escapadas de Tanagra[37] ou de qualquer dos gordos monstros circulantes...

De súbito, porém, na alegria do terraço ouvi por trás de mim uma voz de mulher dizer:

— Pois então não sabes que a Elsa morreu hoje de madru gada?

Não me voltei. A mulher conversava noutra mesa. Mas senti um pasmo assustado. Elsa! Seria a Elsa d'Aragon, uma carnação maravilhosa de dezoito anos, lançada havia apenas um mês por um *manager*[38] de *music-hall*, cuja especialidade sexual era desvirginar meninas púberes? Seria ela com os seus olhos verdes, a pele veludosa de rosa-chá e aquela esplêndida cabeleira negra de azeviche? E morrer em plena apoteose, cheia de joias e de apaixonados! Indaguei do meu conviva:



— Morreu a Elsa d'Aragon?

O barão Belfort encomendava enfim o cardápio. Acabou tranquilamente a grave operação, descansou o monóculo em cima da mesa.

— Exatamente. Parece que a apreciavas? Pobre rapariga! Foi com efeito ela. Morreu esta madrugada.

— De repente?

— Com certeza. Devia ter sido uma linda morte. Beleza horrível. Não se fala noutra coisa hoje nas pensões de artistas, em todos os conventilhos elegantes patronados pelas velhas *cocottes* ricas, nas rodas dos jogadores. A Elsa era muito *nature*[39], com a fobia do artifício, mas soube morrer furiosamente.

— Como foi?

Neste momento chegara a "bisque"[40] e o balde com a *Môet, brut imperiale*[41], que o velho *dandy*[42] bebe sempre desde o começo do jantar.

O barão atacou a “bisque”, deu não sei que ordem ao *maître-d’hôtel*, e murmurou:

— É uma história interessante. Você decerto ainda não quis fazer a psicologia da mulher alegre atirando-se a todos os excessos por enervamento de não ter o que fazer? Quase todas essas criaturas, altamente cotadas ou apenas da calçada, são, como direi? As excedidas das preocupações. Estão sempre enervadas, paroxismadas. O meio é atrozmente artificial, a gargalhada, o champanhe, a pintura encobrem uma lamentável pobreza de sentimentos e de sensações. Ao demais, a vida tem um regulamento geral de excessos, e elas fatalmente pela lei, têm que fazer pagar caro e arruinar os idiotas, têm que amar um rapazola miserável que lhes coma a chelpa[43] e as bata, têm que se embriagar e discutir os homens, os negócios das outras, tudo mais ou menos exorbitando. Uma paixão de *cocotte* é sempre caricatural, é sempre para além do natural, do verdadeiro, e a sua pobre vida, tenha ela centenas de contos ou viva sem um real pelas bodegas reles, é sempre uma hipótese falsificada de vida, uma espécie de fiorde num copo d’água, à luz elétrica. Todas amam de modo excepcional, jogam excessivamente, embriagam-se em vez de beber, põem dinheiro pela janela à fora em vez de gastar, quando choram, não choram, uivam, ganem, cascateiam lágrimas. Se têm filhos, quando os vão ver fazem tais excessos que deixam de ser mães, mesmo porque não o são. Duas horas depois os pequenos estão esquecidos. Se amam, praticam tais loucuras que deixam de ser amantes, mesmo porque não o são. Elas têm várias paixões na vida. Cinco anos de profissão acabam com a alma das galantes criaturinhas. Não há mais nada de verdadeiro. Uma interessante pequena pode se resumir: nome falso, crispação de nervos igual à exploração dos “gigolôs” e das proprietárias, mais dinheiro apanhado e beijos dados. São fantoches da loucura movidos por quatro cordelins da miséria humana.

— A Elsa, então?

— A Elsa foi atirada subitamente numa pensão do Catete. Sabes o que é a vida em casas de tal espécie. Elas acordam para o almoço, em que aparecem vários homens ricos. O almoço é muito em conta, os vinhos são caríssimos. A obrigação é fazer vir vinhos.

Desde manhã elas bebem champanhe e licores complicados. Nesses almoços discute-se a generosidade, a tolice, ou a voracidade dos machos. A tarde é dada a um ou a dois. Às cinco, *toilette* e o passeio obrigatório. À noite, o jantar em que é preciso fazer muito barulho, dançar entre cada serviço ou mesmo durante, dizer tolices. Depois o passeio aos *music-halls*, com os quais tem contrato as proprietárias, e a obrigação de ir a um certo clube aquecer o jogo. Cada uma delas têm o seu *cachet* por esse serviço e são multadas quando vão a outro — que, como é de prever, paga a multa. O resto é ainda o homem até dormir. Nesse fantochismo lantejoulado há vários gêneros: o doidivana, o sério, o reservado, o *nature*, o romântico, e para encher o vazio, os vícios bizarros surgem. Elas ou tomam ópio, ou cheiram éter, ou se picam com morfina e, ainda assim, nos paraísos artificiais são muito mais para rir, coitadas! Mais malucas no manicômio obrigatório da luxúria. A Elsa era do gênero *nature*. Ancas largas, pele sensível, animal sem vícios. Tentou os petimetres[44], os banqueiros fatigados, os rapazes calvos e, com oito dias estava com os nervos esgarçados, estava excedida. Mesmo porque, desde a primeira hora olhava-a com o seu olhar de morta a Elisa, a interessante Elisa.



— Ah!

— Elisa é um tipo talvez normal nesse ambiente. Tem os cabelos cortados, usa eternamente um gorro de lontra. Nunca a vi com uma joia e sem o seu *tailleur* cor de castanha. É feia, não deve agradar aos homens, mas presta-se a todos os pequenos serviços dessas damas. Escreve cartas, arranja entrevistas, tem conhecimentos, e dizem-na com todos os vícios, desde o abuso do éter até o unisexualismo[45]. Ora, era Elisa com os seus dois olhos mortos e velados que olhava Elsa, e Elsa sentia uma extraordinária repugnância, um nojo em que havia medo ao mais simples contato. Elisa sorria, a Elisa que está sempre nesses lugares, sem colete, com o seu corpo de andrógino morto. E era em toda parte aquele mesmo olhar acompanhando Elsa, pregando-se a todos os seus gestos, lambendo cada atitude da criatura. Uma noite, as duas Lacroix Ducerny, as que se vestem sempre iguais e fazem fortuna em comum, asseguraram-me que Elisa já não servia para nada, perdida, louca de paixão; e, com grande pasmo meu ao entrar num clube ultra infame, eu vi a Elsa com um conhecido banqueiro e, muito naturalmente, Elisa ao lado. Era a aproximação...

— Safa!

— Meu caro, nada de repugnâncias. Prove este faisão. Está magnífico. Ora, ontem, no Casino, como a pobre Elsa estava totalmente fora dos nervos e com um vestido verdadeiramente admirável, tive prazer em ir apertar-lhe a mão. "Então, como vai com esta vida?" "Como vê, muito bem." "Mas está nervosa." "Há de ser de falta de hábito. Acabo por acostumar." "Com um tão belo físico..." "Não seja mau, deixe os cumprimentos." E de súbito: "Diga-me, barão, não há um meio da gente se ver livre disto? Não posso, não tenho mais liberdade, já não sou eu. Hoje, por exemplo, tinha uma imensa vontade de chorar." "Chore, é uma questão de nervos. Ficará decerto aliviada." "Mas não é isso, não é isso, homem!" "Se a menina continua a gritar, participo-lhe que vou embora." "Não, meu amigo, perdoe. É que eu estou tão nervosa! Tanto! Tanto... Queria que me desse um conselho." "Para que?" "Para aliviar-me." "É difícil. Você sofre de um mal comum, a surmenagem[46] do artifício. Eu podia dizer-lhe: recolha-se a um convento. Mas pareceria brincadeira e talvez viesse a morrer mística, a conversar com os anjos, como Swedenborg[47]. Conheci algumas que acabaram assim. Podia também, se fosse um idiota, aconselhar a vida honesta. Mas isso seria impossível porque o pesar de ter saído desta em que o desperdício é a norma, a saudade e as lembranças deixá-la-iam amargurada. Depois não tem recursos e teria sempre que pôr em circulação o seu lindo capital." "Barão, por quem é, fale-me sinceramente." "Então, minha filha, aconselho uma paixão ou um excesso, um belo rapaz ou uma extravagância." "Nesta roda não há belos rapazes." "De acordo, há, quando muito, velhos recém-nascidos. Mas é recorrer à multidão, passar uma noite percorrendo os bairros pobres, experimentar. Ou então, minha cara, um grande excesso: champanhe, éter ou morfina..." Voltei-me para a sala. Num camarote fronteiro a Elisa olhava com os seus dois olhos de morta. "E se não a repugna muito uma grande mestra dos paraísos artificiais, a Elisa." "Não fale alto, que ela percebe." "Então já a sabia lá?" "Corri-a ontem do meu quarto. É um demônio." "Mas você precisa de um demônio." "O que ela faz..." "Já sei, toda a gente faz. Mas naturalmente ela é excepcional." "Barão, vá embora." "Adeus, minha querida." Quando dei a volta para falar a Elisa, esta já deixara vazio o camarote.

— E então, como morreu a linda criatura?

— Aceitando o meu conselho. A sua morte pertence ao mistério do quarto, mas devia ser horrível. Elsa partiu do *music-hall* diretamente para casa, pretextando ao banqueiro que lhe ia pôr um pequeno palácio, a forte dor de cabeça — a clássica *migraine*[48] das *cocottes* enfaradas ou excedidas. E apareceu na ceia da pensão como uma louca, a mandar abrir champanhe por conta própria. Quando por volta de uma hora apareceu a figura de larva[49] da Elisa, deu um pulo da cadeira, agarrou-lhe o pulso: "Vem; tu hoje és minha!" Houve uma grande gargalhada. Essas damas e mais esses cavalheiros tinham uma grande complacência com a Elisa, e aquela vitória excitava-os. Elisa molemente sentou-se ao lado da Elsa, que bebia mais champanhe, sentia afrontações e torcia os dedos da apaixonada por baixo da mesa. Era o desespero. Mimi Gonzaga assegurou-me que ela recebera uma carta da mãe logo pela manhã. No fim, Elsa, pálida e ardente, dizia: "*Viens, mon cheri, que je te baise!*" e mordia raivosamente o pescoço da Elisa. Via-se a repugnância, a raiva com que ela fazia a cena de Lesbos — pobre rapariga sem inversões e estetismos à Safo[50]... A ceia acabou em espetáculo, e acabaria com todos os espectadores, se algumas mulheres com ciúmes dos seus senhores —Ah! Como elas são idiotas! — não os tivessem levado. Elsa às duas e meia fez erguer-se a Elisa, calada e misteriosamente fria. "Vão tomar morfina?", interrogou um dos assistentes. "Cuidado, hein?" Elsa deu de ombros, sorriu, saiu arrastando a outra. E a desaparição foi teatral ainda. Os olhos verdes da Elsa bistrados[51], a sua cabeleira desnastra[52], agarrando com um desespero de bacante a pastosidade oleosa e alourada da miserável que a queria.

— Que horror!

— A coitadinha aturdia-se. É o processo habitual. Para mostrar a sua livre vontade caía na extravagância, agarrava o tipo que a repugnava, para mergulhar inteiramente no horror. Estive quase a acreditar que tivesse recebido alguma lembrança dos parentes, e imaginei um instante a cena sinistramente atroz do quarto em que enfim, como uma larva diabólica, o polvo louro da roda iria arrancar um pouco de vida àquela linda criatura ardente, ainda com uns restos de alma de mulher... Nunca, porém, pensei no fim súbito.

"Pelas cinco horas da manhã, a pensão acordava a uns gemidos roucos, que vinham do quarto de Elsa. Eram bem gritos estertorados de socorro. As mulheres desceram em fralda, os criados ergueram-se com o sorriso cínico habituado àquelas madrugadas agitadas de ataques e de delírios histéricos. A porta do quarto estava fechada. Bateram, bateram muito, enquanto lá dentro o som rouco rouquejava. Foi preciso arrombar a porta. E a cena fez recuar no primeiro momento a tropa do alcouce. Como luz havia apenas a lamparina numa redoma rosa. O quarto, cheio de sombra, mostrava, em cima das poltronas, as sedas e os *dessous*[53] de renda da Elsa. Um frasco de éter aberto empestava o ambiente. A Elisa, o corpo da Elisa estava de joelhos à beira da cama. Os braços pendiam como dois tentáculos cortados. Inteiramente nua, o corpo divino lívido, os cabelos negros amarrados ao alto como um casco de ébano, Elsa d'Aragon, as pernas em compasso, a face contraída, ainda sentada, agarrava com as duas mãos numa crispação atroz, a cabeça da Elisa. Era Elisa que rouquejava. Elsa estava bem morta, o corpo já frio. Devia ter havido luta, resistência de Elsa, triunfo da mulher loura e por fim sem fim até a morte, enquanto a outra se estorcia, apertava-a, arrancava-lhe os cabelos, machucava-lhe o rosto — aquele horror. Elsa entrara no nada debatendo-se, vítima de um suplício diabólico, mas no último espasmo as suas mãos agarraram a assassina. Quando esta afinal satisfeita quis erguer-se, sentiu-se presa pelos cabelos, tentou lutar, viu que a pobre era cadáver. E passou-se então para o monstro o momento do indizível terror, o momento em que se vê para sempre o mundo perdido porque ficou imóvel rouquejando, de joelhos, a cabeça no regaço do cadáver, que mantinha nas mãos cerradas a massa dos seus cabelos de ouro. Os dedos de resto pareciam de aço. Uma das mulheres recorreu à tesoura para despegar a cabeça de Elisa das mãos do cadáver. Quando o corpo tombou no leito com o punhado da cabeleira nas mãos, o bando estremunhado viu surgir a face de Elisa, tão decomposta, tão velha, que parecia outra, como que aparvalhada."

Houve um silêncio. O criado servia frutas geladas, esplêndidas peras da Espanha e uvas das regiões vinhateiras da Borgonha, grandes uvas negras. O barão trincou de uma pera.

— Foi uma complicação para afastar a polícia e impedir notícias nos jornais que desmoralizariam a casa. Elisa seguiu horas depois para o hospício, babando e estertorando. A Elsa devia ter sido enterrada hoje à tarde. Estive lá a ver o cadáver. Tinha ainda nas mãos cerradas fios de cabelos louros, como se quisesse arrancar para o túmulo a prova desesperada da sua morte horrível.

E mordeu com apetite a pera. No salão de cima, uma valsa lenta, chorada pelos violinos, enlanguescia o ar. Das mesas do terraço entre a iluminação bizantina das velas de *capuchons* coloridos subia o zumbido alegre feito de risos e de gorjeios de todas aquelas mulheres que o jantar alegrava.

# O fim de Arsênio Godard

## Do diário íntimo de um revoltoso



*A Goulart de Andrade*

Estava tudo combinado. Era impossível falhar. Quando a lancha partiu, sem rumor, explorando a treva do oceano encapelado, ficamos entretanto nervosos. Seriam muitos? Seria um só? Ah! Se os bandidos fossem apanhados! Os nossos nervos, excedidos já por aqueles três meses de enjaulamento na baía, sob o canhoneio das fortalezas e as necessidades mais duras, começavam a dar aos pequenos fatos uma importância capital, uma importância desproporcional. Assim, ao recebermos a denúncia amiga de que um ou mais homens conseguiam a nado levar instruções aos legalistas, a explosão da nossa cólera foi tal que, vendo-a, ninguém deixaria de julgar as instruções causa única do nosso enervante estado.

Quase todos nós, paisanos levados pelas circunstâncias e as perseguições tirânicas dos sequazes do marechal[54] àquela vida do vaso de guerra, estávamos encostados à amurada com os oficiais e o comandante, a ver se víamos o trabalho da lancha no negror da noite.

Oh! Era demais! Havia oito dias mastigáramos a meia ração de feijão preto sem toucinho; o patriotismo, a indignação pelos descalabros do governo, caíam intimamente num relaxamento lamentável. O desejo único era deixar a baía, era acabar com aquilo, era tirar dos ombros aquela mão de ferro das situações insolúveis em que só complicavam as traições dos ingleses, as intimativas americanas e a falência das nossas vitórias. E na treva da noite sem estrelas todas as cóleras se fundiam no ser que os nossos iam apanhar, como se fosse ele a causa do ror de desastres havidos.

— É verdade — indagou um médico em terra, o exemplo da bondade — que castigo havemos de dar ao canalha?

— É boa, passamo-lo pelas armas!

Era um exemplo, mas seria pouco para o infame. Só se o fizéssemos mira de um tiro ao alvo geral. Todos nós atiraríamos.



— E ele só sentiria uma vez! O comandante, qual será o castigo do patife?

O comandante era um cavalheiro elegante e fino. Voltou-se a sorrir:

— Conforme. Na carta que o denunciou dizem-no estrangeiro. Que seja. É impossível justiçá-lo. Se for brasileiro, porém, passamo-lo pelas armas.

Ah! Íamos ter uma noite interessante e divertida afinal! O miserável veria com quem se metera! E no olhar de cada um de nós havia a expectativa e, no riso dos outros, como talvez no nosso, um repuxamento de lábios queria sorrir e mostrava os dentes como um esgar de fera.

Esperamos assim entretanto até de madrugada. A fadiga prostrara alguns, soprava um vento de chuva, violento e úmido; o comandante recolhera; a lancha não voltava. Já a inquietação sucedia à fúria quando à amurada a lancha acostou. Todos nós corremos numa ânsia má, numa ânsia de vingança, ávidos de ver em primeiro lugar o torpe, o infame, que toda noite passava por nós arriscando a vida para complicar e perder a nossa vida. O comandante deixou a cabine apressadamente, a oficialidade vinha de todos os pontos do vaso de guerra. E, naquele surdo rumor de cólera, os companheiros de lancha içaram para o tombadilho, amarrado, manietado, como que dobrado em dois, um corpo nu, membrudo e forte.

— Muitos?

— Um só, comandante. Ia com um saco cheio de cartas.

— E o saco?

— Aqui está.

— Desamarrem o homem.

Dois marinheiros curvaram-se; outro acendeu uma lanterna de furta-fogo e assim conseguimos ver a cara do tipo, uma cara comum, de bigode castanho e olhos turvos. Logo que o soltaram, a voz um tanto inquieta, mas clara, exclamou:



— *Mr. le comandant, j'suis français!*

— Os legalistas são brasileiros. Ninguém aqui compreende línguas estrangeiras.

— Eu falo o português. Sou francês, senhores, peço explicar o fato.

— Você ainda quer explicar, hein? Que topete!

— Mas é um direito.

— Direitos para um sujeito pescado de madrugada!

— Eu exijo!...

— Você não exige nada; nós é que fazemos de você o que quisermos. Levem esse homem para a sala de armas, a aguardar as minhas ordens...

Os marinheiros foram levando o homem aos trancos. Nós ficamos na expectativa. O comandante, entretanto, fazia conduzir o saco à sua cabine.

— Boa noite, meus senhores.

— E o castigo, comandante?

— Ah! O castigo... já pensei. Apenas só lho direi amanhã. É preciso fazê-lo passar a noite fazendo palpites. Vocês não imaginam como é interessante passar a noite imaginando várias desgraças irremediáveis, que todas elas são perfeitamente possíveis e hão de se dar algumas horas depois... Até logo mais, meus amigos.

Recolhemos. Que castigo imaginaria aquele homem refinado e distinto? Como estaria o outro, nu, na madrugada álgida, lá em cima? Dormiria? Pensaria? Pensaria na morte decerto, porque era impossível outro gênero de castigo...

Um marinheiro descia.

— Como vai o homem? — indagamos.

— Parece dormir; sim, senhor.

Nós é que não dormimos. Ficamos no beliche, nervosos, à espera daquela morte, daquela cena atroz, fatal dali a momentos. Que se daria, céus clementes?

No dia seguinte, às oito da manhã, fomos convidados a ir à sala de armas. O homem nu lá estava, carrancudo, com o olhar turvo, mordendo o bigode. E quando o comandante chegou, houve um arrepio geral, um arrepio de medo. O comandante, porém, estava amável e sentara-se.

— Como se chama?

— Arsênio Godard.

— Ah! Muito bem.

— Eu desejava explicar...

— Oh! Inteiramente inútil. Venho dizer-lhe o que resolvi a respeito. Sr. Arsênio Godard, o senhor vai viver conosco até o fim da nossa ação. Vê-se que o senhor é um homem, corajoso, forte. Excelente companheiro! Vou mandar-lhe uma roupa. Terá um beliche seu. O navio é inteiramente seu. Apenas, como o senhor nada bem e pode não gostar da nossa companhia, será acompanhado sempre. Não desejamos que nos abandone.

O francês olhava, tentando descobrir a insídia, procurando saber que castigo horrendo aquele vencedor arquitetava entre frases de mel.

— Mas, Sr. comandante, devo dizer...

— Eu é que devo dizer que jantará à nossa mesa. Ah! Nós não passamos à vela de libra, como os patriotas da cidade. Mas, enfim, come-se. Vai ver. Não imagina o prazer que nos dá a sua companhia. Está entendido então? Bem. Até o almoço. Guardião, uma roupa ao Sr. Godard.

Era de tal modo grave a atitude do comandante que nenhum de nós se atreveu a interrogá-lo.

Também a explicação veio minutos depois, terminante e terrível.

O tenente João chamou-nos de parte e em voz seca deu a ordem de cima.

— O Sr. comandante proíbe que se converse ou se responda ao preso. O Sr. comandante considera uma deslealdade à causa e à sua pessoa dizer uma palavra ao Sr. Godard, até segunda ordem.

Era o suplício do silêncio! Era o castigo! Alguns acharam fraco — eram os ingênuos.



Outros sorriram, imaginando as resultantes daquele *sport*, a perseguição do silêncio ao pobre sujeito. Como tomaria ele a vingança?

À hora do almoço, Godard apareceu, seguido de um marinheiro. Pediu licença, sentou-se. Ninguém olhava para ele. Ao primeiro prato atirou-se com uma fome indizível, verificando se lhe prestávamos atenção. Afinal, não se conteve:

— Sr. comandante, não sei como agradecer...

O comandante continuou a falar com o tenente João. Godard quis insistir, atrapalhou-se, voltou para o vizinho da direita:

— Eu devia dizer ao comandante...

O vizinho da direita dirigiu a palavra ao companheiro ao lado. Godard atirou-se para a frente:

— Sim, a generosidade dos senhores...

Os convivas do outro lado nem voltaram o rosto. Godard cruzou o talher e esperou até o fim o almoço. Quando o comandante se ergueu, foi até ele:

— Devo agradecer a sua bondade.

O comandante nem voltou o rosto. Era cômico, se não fosse atroz. Teria coragem o homem para resistir a essa humilhação sem palavras? Godard passou o dia passeando no convés. Ao jantar, a cena renovou-se. À tarde começou o clássico bombardeio de terra para os navios, dos navios para terra. Era todo o dia aquela ceifa de vidas inútil e dispendiosa. Godard parava junto de nós.

— Eu sei atirar muito bem.

Nem uma palavra. Não o ouvíamos; ninguém o percebia. À noite, reunidos para tomar o mate, Godard de novo surgiu, acompanhado do marinheiro.

— Não quero, Sr. comandante, deixar passar o dia sem agradecer a bondade geral. Não me falam. É justo o ressentimento. Mas eu não sou adversário, sou um ganhador, que, como os *condottieri*, mercadeja o seu valor. Com os revoltosos, permitam a palavra, não posso mercadejar, porque pouparam a minha vida, sustentada à custa de muito risco. Estou, pois, às ordens…

Mas, a pouco e pouco, os oficiais tinham saído e Godard estava só diante do marinheiro mudo e sério.



No dia seguinte, o nosso preso apareceu ao almoço sombrio, cumprimentou sem ser correspondido, abancou noutro lugar, mastigou sem dizer palavra, ergueu-se, agradeceu, insistiu:

— Se o Sr. comandante me desse licença para expor um plano de ataque, conhecendo eu como conheço as posições inimigas… Perdão! É traição. Vejo que não sou ouvido… Agradeço, entretanto.

Oh! Era evidente que Arsênio Godard, tipo voluntarioso, fazia um esforço sobre-humano para conter a cólera, para não desesperar diante daquela horrível situação que o fazia viver no navio como se estivesse só, inteira e definitivamente só. Os olhos ardiam de cólera, os beiços estavam brancos e as mãos tremiam, tinham um tremor de fúria. Talvez ainda se julgasse capaz de vencer o castigo, porque, à noite, bruscamente, foi ao comandante e de novo insistiu sobre os seus planos. Ao cabo de quatro dias, entretanto, durante o almoço, Godard ergueu-se.

— Digam? É para sempre o silêncio? Ninguém me fala? Mas eu sou um idiota, um animal, um leproso? Que sou eu? Não respondem? Matem-me! É infame, afinal. Os infames sois vós. Retiro-me. Não como mais. Não fujo, é verdade; mas morro de fome. Adeus, senhores.

Saiu a bater com os pés para a sua cabine. Nós continuamos a conversar das coisas que nos interessavam. Só o marinheiro o acompanhou, como a própria sombra muda.

E foi então a luta mais curiosa e mais atroz, o *sport* mais doloroso e mais inquietante que jamais víramos, entre a palavra e o silêncio. Cada um de nós, com o instinto animal de vencer, não respondia só para obedecer ao comandante, não respondia porque responder seria a vitória do pobre diabo. Cada figura de bordo era um componente daquela máquina de separação, daquela máquina que o tenente João chamava o pneumático da vontade, a rarefação do homem, porque a palavra é a vida, e falar, trocar palavras é sentir-se viver. Godard sentia bem que nós o murávamos no silêncio, que nós cada dia erguíamos mais alto aquele muro de mudez que as suas palavras não podiam, não conseguiriam quebrar. Resistiu dois dias, no camarote, à fome. Depois veio à mesa feroz e sombrio como um jaguar e nessa atitude conservou-se dez dias, dizendo apenas: obrigado e bom dia. Ficava à porta do camarim, bufando e fumando. Se alguém passava por acaso, erguia-se, tinha um ríctus irônico:

— Obrigado!

Ao cabo desse tempo veio-lhe o relaxamento dos nervos, o acicate[55] da vontade mordeu-o mais forte. Era preciso obter uma resposta, sentir que não estava morto! Inventou estratagemas. Acompanhava uma pessoa até saber-lhe o nome e de repente dizia-lhe nas costas, disfarçando a voz:

— Ó, José!

Esperava em lugares solitários alguém, pedia fósforos, encartava nas palestras acaloradas uma frase dessas que exigem réplica, discussão, espreitava o abandono dos marinheiros para obter uma palavra, uma apenas. Nós estávamos, porém, numa situação por demais irritante, com os tiroteios, a falta de víveres e a certeza de um fim próximo, para consentir em perder. Ao demais, se ele sofresse resignadamente, talvez algum sentimental abalado respondesse.

Mas Godard era um voluntarioso, a resignação não a compreendia. Cada dia passado era para os seus nervos mais um motivo de fúria, de raiva contida. De modo que no vaso de guerra em plena revolta, havia apenas o diabólico *sport* de um homem contra trezentos, querendo falar, querendo viver, querendo rebentar o sudário de silêncio com que o enterravam moralmente, sem o conseguir.

Dos meios sutis, Godard caiu nos meios baixos. Ia ao comandante:

— A imoralidade do seu navio é assombrosa. Acautele-se contra o imediato que o venderá na primeira ocasião!

E inventava intrigas entre os paisanos e os oficiais, arrastava reticências, esperava a pergunta... Nós nem sorriamos. Um silêncio absoluto, um verdadeiro silêncio que ia até os gestos, como se diante dele estivéssemos diante de um objeto indiferente e inanimado, acolhia a infantilidade desesperada.

Da intriga, Arsênio Godard caiu na humilhação. Para chegar a este excesso, era preciso sofrer estrafegadamente[56], e Godard sofria. Tinha as pálpebras arroxadas, o semblante lívido, o olhar apuado[57] pela preocupação constante, o gesto vago. Uma noite, de repente, depois de uma bala ter rebentado no convés, lacerando as pernas de três inferiores e espadanando sangue até na amurada, enquanto febrilmente todos nós tratávamos de remediar o mal, caiu de joelhos aos pés do comandante.

— Deixe-me prestar auxílios também! Fale-me! Fale-me! Pela sua honra, pela sua farda! Diga sim! Diga não! Diga qualquer coisa!

O comandante passou-lhe por cima. Arsênio continuou de rojo, pedindo, pedindo, sem ver a quem, pedindo a quem passava, indistintamente. Nenhum de nós, cheios de preocupações, pensava em ter pena. O bandido era o inimigo, e cada vez que uma bala trazia o desastre, a cólera aumentava contra a sua figura lívida de traidor desesperado.

— Pelo amor de Deus; uma palavra só, uma palavrinha! — chorava ele, com a face no chão, ridículo e macabro ao mesmo tempo.

A crise acentuou-se. Arsênio resolveu conquistar os guardas com as lágrimas.

Cada marinheiro que lhe postavam como sombra o tinha logo de joelhos, procurando beijar-lhe a mão, a fazer promessas, a pedir, a chorar. O comandante repetiu as ordens severas. Arsênio ficou sem resposta, e da humilhação passou à cólera.

— Não quero este! Não quero! Já disse! — bradava quando mudavam os guardas. — São uns indignos! Uns covardes! Não me satisfazem? Que sou eu? Eu não estou morto, ouviram? Falo, falo, falo. Que importa que não me respondam? Falo, estou falando. Covardes!

Mas a cólera, como as lágrimas, batia de encontro ao ilimitado e asfixiante silêncio. Não o ouvíamos, não o sentíamos. Godard voltou à vida do beliche, a dizer "obrigado!" ironicamente quando por acaso alguém passava pela porta. Já haviam passado dois meses, sessenta dias e sessenta noites. Tudo anunciava o fim da nossa aventura, e cada vez mais o nosso ódio se acentuava contra aquele objeto solto a bordo, o mercenário, o traidor. Os acontecimentos, os desastres desenrolaram-se com o cortejo de mortes, de humilhações, e diante de nós, com as ideias empaladas num silêncio desesperador, o animal sofria a nossa vingança por todos a quem nos era impossível estraçalhar, matar, vencer.



Uma tarde, o marinheiro que deixara a guarda foi dizer ao comandante que Arsênio Godard parecia febril e falava coisas sem nexo no beliche.

— Deixai-o!

— É verdade, comandante, se acabássemos com essa boca a mais?

— Oh! É preciso que ele pague a dedicação aos outros. Se fosse um resignado, há muito estaria morto, mas, por isso mesmo que enfurece, havemos de o trancar cada vez mais no castigo. Está desesperado.

Com efeito, Godard desesperava. No camarote, deitado de barriga para o ar, a barba crescida, o cabelo pelas orelhas, falava alto para se ensurdecer, para enganar os ouvidos, para iludir aos próprios sentidos. Era trágico, mudando de voz, imitando vozes de mulheres, vozes de bichos.

— Oh! Oh! Madame engana-se! Qual, é impossível que o Sr. Arsênio aguentasse tamanha crueldade. Setenta dias, minha senhora! Eram uns castrados. Oh! Perdão! Um patife! Ah! Ah! Cocoricó! Bum! Vamos cantar um dueto? Valeu. *Yes!* Essa *miss* é deliciosa...

Os marinheiros incultos estavam receosos de que a razão de Godard tivesse afinal sido estrangulada pelo círculo do silêncio. Olhavam-no receosos. E Godard então pulava da cama, em ceroulas, desguedelhado[58]:

— Não me falam, não? Decidido! Afinal eu os desprezo, covardes, vencidos. Mas também não preciso. Estou conversando, estou ouvindo outras vozes responderem às minhas perguntas. Ah! Ah! O homem inteligente escapa aos maiores tormentos dos patetas!

Ao cabo do sexagésimo nono dia, porém, Godard foi à mesa silencioso e sério, pediu um cigarro, passeou pelo tombadilho, dormiu direito e logo pela manhã seguinte, deitado, chamou o guarda.

— Dá-me um fósforo?

O guarda aproximou-se, estendendo a caixa. Então ah!, o preso deu um salto da cama, arrancando ao marinheiro a arma num súbito ataque, bateu a porta rápido e, segurando-o pelo gasnete:

— Vais responder, agora. Anda, depressa. Responde! Faze sinal que sim! Faze sinal ou morres!

Uma luta travou-se. O marinheiro era um caboclo enorme. Prendera a mão que apontara o revólver e com a outra arrumara um soco à cara do preso. Mas Godard sentia decuplicadas as forças. Com a mão livre atirou-se ao sabre do marinheiro. O outro desviou. Caíram ambos tropeçando num jarro. Godard parecia um florete; o marinheiro era uma torre. O fragor de luta chegou até nós. Corremos à cabine. A voz de Godard bradava:

— Fala, responde, dize qualquer coisa. Cachorro! Cachorro! Responde-me!

E móveis caíam, os corpos rolavam.

— É o Godard! Precisamos abrir.

— Está fechado!

— Abre-se a machado!

— Eu abro se me falarem — berrava de dentro Godard. — Abro se me falarem! Digam: Godard, abre! Para mostrar que eu não estou morto, que eu vivo, que eu sou Godard!

Ah! Bandido! Que pensava ele, o infame? Os machados caíram na porta violentamente, fazendo saltar a fechadura, e por diante de nós saltou brandindo o sabre, nu, com a cara em sangue, os cabelos empastados, Arsênio Godard.

Nem prestamos atenção ao marinheiro. Corremos ao encalço do bandido.

Não fosse ele se atirar ao mar! E foi uma caçada infernal a bordo. Era preciso apanhá-lo vivo, vivozinho, inteiro, para sujeitá-lo ao regime desesperador, de novo, eternamente. Godard, brandindo o sabre, encostara-se a um canto do salão de jantar.

— É preciso acabar! É preciso acabar! Canalhas! Vocês vão falar-me! Só uma vez! Digam: Arsênio, entregue-se, e eu me entrego. Só uma vez, ou então eu escapo, eu escapo, estou salvo… Assassinos! Vamos a ver quem é mais forte! Quem se aproximar morre ou me mata! A vitória é minha! Escapo!



Todos nós, mordendo os lábios para não deixar escapar uma praga, uma invectiva, paramos, com o desejo desvairado de matá-lo. E foi um instante apenas. A tropa[59] precipitou-se para o sabre. Godard manejou-o, mas sentiu-se preso pelas pernas e emborcou, enquanto cem braços estendiam-se, arrancavam-lhe a arma, esmurravam-no, surda, silenciosamente.

O desgraçado teve um grito.

— Outra vez! Para toda a vida! Oh! Não! Não! Não!

Com o pasmo de todos nós, como se aquele muro de silêncio fosse pior do que a própria morte, desvairadamente, atirou-se ao sabre de outro marinheiro, arrancou-o, reviravolteou-o no ar e, no círculo aberto por aquela inesperada sortida, bateu-o em cheio no pescoço.

Um jato de sangue golpeou no ar sombrio. A cabeça curvou de olhos arregalados. Toda a guarnição parou. O corpo pendeu. Estava morto. E, não sei por que, um ódio violento, um ódio desesperado fez-nos ainda segurar o cadáver a ver se vivia.

O torpe fugira à sentença, escapara das nossas mãos, deixara-nos impotentes para continuar, a apertá-lo infinitamente naquele sudário de silêncio que fora o nosso mais feroz, mais tremendo, mais dilacerante castigo.

# Duas criaturas

*A Viriato Correia*

O grande *hall* do hotel estava repleto. Pelas janelas semicerradas, na suave ondulação das cortinas brancas, entrava um vago perfume de violeta e de rosa. Lá fora, entre os tufos de verdura do jardim e o céu muito azul, devia esplender a pálida luz de um sol de inverno. As mesas, todas ocupadas e cintilantes de cristais, prolongavam-se até o fundo numa orquestração de tons brancos, que iam do branco de prata ao branco gris[60] nos lugares mais em sombra.

Os criados passavam apressados, erguendo numa azáfama os pratos de metal. Ao alto, os ventiladores faziam um rumor de colmeias. Senhoras e cavalheiros, perfeitamente felizes, as senhoras quase todas com largos boás[61] de plumas brancas, chalravam e sorriam. Estávamos bem na bizarra sociedade de entalhe que é o escol dos hotéis. Alta, longa, comprida, com uma cintura de esmaltes translúcidos e o ar empoado de uma íntima do general Lafayette, a escritora americana, cuja admiração por Gonçalves Dias chegara a fazê-la estudar e propagar o Brasil, mastigava gravemente. Logo ao lado, um grupo de engenheiros, também americanos, bebia, com gargalhadas brutais e decerto inconvenientes, champanhe Mumm. Mais adiante, a encantadora viúva do milionário Guedes, com o seu perfil de Luigni, de que tanto mal se dizia, sorria num vago sonho para a Sra. Alda, a formosa divorciada do dia, Alda Pais anteontem, Alda Pereira hoje, como há cinco anos, antes de casar... De vez em quando parava à porta um novo hóspede, hesitava, percorria com o olhar a extensa fila de mesas onde o *debinage*[62] se acalorava. A um canto, Mlles. Peres, filhas de um rico argentino, *yatch-recorder-man*[63] nas horas vagas e vendedor de gado nas outras, perlavam[64] risadinhas de flerte para o solitário e divino Alberto Guerra, seguro dos seus bíceps, dos seus brilhantes e quiçá dos seus versos.

Bem ao centro, o nosso vasto ministro em Honduras desdobrava a sua simpática adiposidade numa roda de mocitos elegantes, ferozes pretendentes ao secretariado diplomático, e, de vez em quando, cortando o zumbido elegante do grande *hall*, retinia imperiosamente o som de uma campainha elétrica.

Estávamos a almoçar cinco ou seis, convidados pelo barão Belfort, esse velho *dandy* sempre impecável, que dizia as coisas mais horrendas com uma perfeita distinção. E fora decerto uma extravagância aquele demorado almoço, a fazer horas para um *match* de *foot-ball*, a que seria impossível deixar de assistir. O barão, de veia, com a sua voz de navalha, recortava na pele dos presentes as caricaturas perversas. Nós já tínhamos rido muito e entrávamos com apetite num vulgaríssimo *salmis*[65] de coelho, quando de repente um dos nossos companheiros exclamou:

— Olha, a Chilena aqui!

À porta surgiu uma triunfal figura de Ceres, com o cabelo cor de ouro e o verde olhar coado por umas negras pestanas de azeviche. O seu lindo corpo era como que modelado pelo vestido de Irlanda e rendas verdadeiras. Nos dedos afilados e tênues como as pétalas esguias dos crisântemos, três ou quatro pérolas rosas; nos lóbulos das orelhas, duas negras pérolas e por sobre a gola leve de rendas brancas um virginal colar de pérolas. Acompanhavam-na um cachorrinho branco de neve, de focinho impertinente, e um cavalheiro, baixo, gordo, cheio de joias, enfiado num redingote[66] azul.

— A Chilena! A Chilena aqui! Mas que sociedade é esta? — bradou o mais jovem dos convivas.

O barão teve um sorriso cético.

— Meu caro, o Rio tem, como Paris ou Londres ou mesmo Montevidéu, a sua *season*[67]. A *season* começa regularmente com a chegada do primeiro mambembe[68] estrangeiro, mambembe naturalmente insuportável, e fecha com os calores da primavera, na abertura do salão de pintura. É a época do luxo, da exibição, do sacrifício para aparecer, da tagarelice, em que toda a gente fala mal do próximo e entende de arte, é a época escolhida pelos que pretendem tomar lugar na sociedade. Nós somos uma sociedade em formação — a mais atraente, a que mais tenta por consequência, não só pelas suas taras, que há vinte anos não eram julgadas mal, como pelo nosso fundo meio ingênuo de aceitar tudo o que brilha, seja diamantino ou seja montana. Anualmente, de envolta com os políticos, os fazendeiros, os estrangeiros exploradores, aparecem essas figuras com um passado estranho, decididas a dominar, a entrar nos lugares honestos, a serem respeitadas.



"São figuras de inverno. Querem dominar. E olhe que aqui, quase todos têm a sua história: as *demoiselles* Peres, talvez enteadas de um rei morto, o wildeano[69] conde Rossi, lá longe, com o seu excepcional secretário cubano; Alberto Guerra, o sedutor irmão de D. Juan[70] e também de Shylock[71], porque vive de emprestar a juros; a viscondessa Guilhermina, que chegou de Vicchy e só está aqui de passagem; a Alda, a baronesa…"

— Barão, cale-se, por favor! Cale-se! Figuras de inverno, não duvido. Mas a Chilena é menos que isso.

— Ora, a Chilena já não usa esse pseudônimo tão picante e ao mesmo tempo tão significativo para os guerreiros do Rio Grande. Todos vocês sabem a história de vício dessas três irmãs que cerca de dez anos amaram e arruinaram várias criaturas. Mas tinham de ter um nome honesto. As duas primeiras casaram. Esta é hoje a esposa do cônsul do Haiti no Pará.

— Então o homenzinho?

— Um explorador riquíssimo que se presta a ser cônsul, auferindo todos os lucros do cargo. Deve ter uma fortuna superior a cinco mil contos. Tivemos relações em Belém e em Paris. É um caso de embrutecimento passional.

— Mas são realmente casados?

— Não há dúvida. Vocês conhecem a história das chilenas, três lindas criaturas da fronteira que se diziam chilenas por picante e a que os rio-grandenses chamavam chilenas como lembrança de certos estribos em que os pés ficam à vontade e toda a gente pode usar. Elas tinham topete, beleza, audácia. Para ser o vício arrasador não precisava muito outrora no Rio. Chegaram e logo a fama irradiou. De um dia para outro, os fazendeiros ricos sentiram a necessidade de dar-lhes palácios, os banqueiros ofereceram-lhes as carteiras, os amorosos sem vintém prometeram vigor e paixão. As gaúchas ardentes, ardentes mesmo demais, faziam grandes loucuras sensuais, mas prestavam atenção ao futuro. Há mulheres que podem se entregar com frenesi a vida inteira sem conseguirem ser prostitutas. Elas tinham o frenesi, não, tinham o sinal de profissão, e depois, haviam nascido sob as estrelas complacentes. A Luisa partiu com um fazendeiro, e se o engana é com os cometas, raramente. Natália recolheu com um negociante riquíssimo. Ficou apenas Maria, que diriam um caso anormal de luxúria, malbaratando dinheiro, embriagando-se, tripudiando no torvelinho da vida. Ora, Azevedo apaixonou-se pela Maria, há sete anos, vendo-a guiar uma parelha de cavalos zebrados que foram acabar no Jardim Zoológico como raridade. Maria atravessava uma das suas crises, devendo a casa, as mobílias, os cavalos, os criados, e até mesmo o adolescente robusto que fazia de Augias[72] no fundo do palacete e de Automedonte[73] à tarde, no passeio. Azevedo foi seringueiro ou coisa que o valha. Precisamente voltara do Amazonas, esfomeado de mulher e cheio de dinheiro. Teve o deslumbramento diante da beleza que Maria tornava provocante. Tentou o assalto, deixou-se prender, pôr o freio, montar, esvaziar. A opinião geral — e aliás alegre, era que Maria arruinaria o marchante selvagem. A sorte, porém, de Azevedo era intensa. Quanto mais dava, quanto mais pagava, mais ganhava. Isso devia ter concorrido poderosamente para a paixão do animal, fetiche como todos os simples, e irritar Maria, inimiga dos pagadores como todas as boêmias. Azevedo empolgou-a inteiramente. Ela, até então a Vênus vingadora, que arruina, arrasa, domina, de gênio voluntarioso, só encontrava uma satisfação: enganá-lo, traí-lo, roubar-lhe o corpo para o banquete dos esfomeados. Era uma performance entre a paixão cega e a raiva de fugir dessa paixão. Ao cabo de quatro meses, Maria proibiu-lhe a entrada, despediu-o. Estava coberta de joias, com o cofre cheio e enfarada, aborrecida, excedida pela convivência do pobre homem apaixonado e pagador. Meteu-se na grande orgia, para se convencer de que estava livre, livre por completo. Mas Azevedo, aguilhoado por aquela despedida, sentira de repente que perdia a sua carne e a sua sorte e recorria a todos os meios imagináveis para de novo apanhá-la, peitando consciências, interessando na sua desgraça à custa de bilhetes de banco; as amigas da Maria, convencendo os camaradas de que era preciso fazer mudar de opinião Maria, aquela louquinha incapaz de pensar no futuro. Logo a Chilena sentiu em torno, cada vez mais presente, o fantasma do Azevedo. Falavam nas pândegas as amigas, por acaso: ah! Se aqui estivesse o Azevedo! Falava a cartomante que de oito em oito dias lhe deitava as cartas: vejo aqui um homem sério que muito a ama e agora afastado voltará a fazê-la feliz! Falavam os criados: coitado do patrão; passou hoje por aqui, olhando muito... Falavam até os camaradas de cama e mesa: afinal, o Azevedo é um bom homem. E Maria viu que tendo despedido o Azevedo agora é que o tinha a todo o instante na lembrança, sem poder fazer-lhe mal, sem poder vingar-se, quase a convencer-se de que o idiota era bom. Certa vez disseram lhe: o Azevedo parece resignado, vai montar casa para a Benevente. Maria teve um grande ódio e no outro dia Azevedo estava de dentro outra vez, louco de amor e ainda mais perdulário.

— Maria resignara-se?

— Para a obra da vingança, tornando-o epicamente ridículo. Não importava a pessoa, a questão era do ato. Ah! Eu imagino sempre, quando o meu egoísmo quer eternizar o amor, o desespero de um pobre ente sem poder livrar-se de outro que se molda e curva e dá tudo, e é passivo e é humilde. Há torturas, imperceptíveis à maioria dos mortais, que são dantescas. E nenhuma como essa em que o ambiente, a fatalidade, o destino forçam a vitória do mais fraco dando-lhe o que deseja, fazendo-o realizar o seu fim, impondo-o a outro corpo, a gozá-lo, a senti-lo, a palpá-lo. A grande desgraça do amor, a maior desgraça é essa porque laça ao mesmo horror duas almas. Maria devia ter crises de desespero e de lágrimas, enquanto Azevedo devia sofrer na sua muda humildade de cão sedento de carícias! E quando a levou para o Pará, a Chilena tinha a nevrose de enganá-lo. Ora, imaginem vocês, em Belém, terra pequena, onde Azevedo tinha uma posição evidente! As denúncias anônimas choveram exigindo vergonha, mais pudor, mais brio. O grosso Azevedo lia e calava, porque, se revelasse uma palavra das cartas, Maria fechava-lhe a porta semanas e semanas. Uma vez, entretanto, como recebesse uma denúncia violenta, Azevedo teve tensões de ciúmes e foi encontrá-la como a princesa Falconière da *Dalila*, cantando num barco com certo tenor de zarzuela[74]. Não havia dúvida! O cônsul do Haiti berrou de cólera, o tenor deu às gâmbias[75], a polícia apareceu. O escândalo, porém, permitiu à Maria um desses cinismos épicos. Agarrou o Azevedo pelo casaco, meteu-o dentro do carro sem dizer palavra, ofegante, e ao chegar à casa mediu-o de alto a baixo e teve esta frase, célebre há cinco anos: o senhor é um indigno! Desconfia de mim! 

"É preciso pensar o alcance, a extensão moral de uma dessas frases num cérebro, obsedado pela ideia de não perder uma carne cada vez mais desejada. Maria dissera por cinismo profissional. Ele sentiu-se comovido a princípio. Afinal se enganava, procurava não o afrontar. Já era uma consideração. E depois enganá-lo-ia ela? Há tantos inocentes condenados, mesmo com provas visíveis comprometedoras! E o tenor, sem querer, foi a pedra angular do casamento."

— Oh! Não...

— Quinze dias depois da cena, Azevedo sentiu que nem de negócio e de borracha poderia entender mais. Maria, muda, grave, solene, vivia com o quarto fechado sem responder primeiro aos seus insultos, depois às suas ironias, depois aos desesperos e já agora aos rogos, porque Azevedo vivia como à espera da notícia de ter um mal irremediável, sem dormir, sem descansar, só pensando que de novo ela o deixaria. E dessa vez para sempre. Então caiu de joelhos, suplicou, pedindo perdão, jurando que não vira nada, que jamais acreditaria na calúnia... Há entre os sexos um ódio latente. Quando um se humilha a outro, esse outro toma crueldades de tirano, refocila em perversidades e em excessos. A Chilena percebeu a excelência do momento, teve um assomo de dignidade, borrifada de lágrimas: cale-se, Azevedo! O senhor é um ingrato! Nunca mais serei sua! Desconfiar de mim. Só se me der uma grande prova de confiança, o seu nome, a sua mão...

Na roda correu um desabalado riso, que fez voltar-se o grupo aspirante ao secretariado diplomático. O barão limpou o seu monóculo de cristal e continuou tranquilamente:

— Ela nesse tempo era mais magra e tinha os cabelos castanhos, mas de um castanho que às vezes era quase negro e de outras vezes se tornava quase louro. Esse cabelo era a sua alma. Azevedo, coitado!, refletiu vinte dias, torturou-se vinte dias. E nesses vinte dias, a Maria lutou, em arte e manha, mais que um diplomata, graduando sabiamente as concessões que dessem ao velho apaixonado uma vaga ideia do que poderia ser o lar com uma doce criatura meiga, boa, fiel, sem azedumes, sem neurastenias. Os amigos, sabedores do desastre, reuniram-se para salvar Azevedo. Todos os meios falhavam; ou antes redundavam a favor da Maria. Um rapaz, Teofano de Abreu, se bem me recorda, latagão inteligente e bem colocado da colônia portuguesa, com certo desejo na Maria, prestou-se a um sacrifício colossal: fazer-lhe a corte, conseguir possuí-la e vir contar depois para o Azevedo o fato. A Maria não resistiu, e Teofano, apesar de ter gostado, sacrificou-se: "Azevedo", disse em presença de várias testemunhas, "não podes casar com a Maria." "Por quê?"

"'Porque te engana.' 'Não admito que insultem uma mulher que vive comigo.' 'Mas foi comigo, venho agora de lá. Ela será incapaz de negar na minha cara. E se faço este ato indigno é para te salvar de uma horrível e irremediável indignidade.' Azevedo fez-se pálido, correu casa, e no outro dia não cumprimentou mais nenhum dos seus amigos. Era fatal. E afinal, para de novo possuir Maria, casou...

"Fui encontrá-los em Paris, elegantemente instalados numa das avenidas da Étoile, num palácio discreto. Maria tinha carruagens, *coupé* elétrico, arrastava à noite pelos pequenos teatros maravilhosas capas de peles de muitos bilhetes de mil, e frequentava vários lugares maus porque vendo-a um dia a pé a rodar um bistrô[76], lembrei-me que bem podia estar de paixão por algum jovem apache[77], que os apaches são os homens belos de Paris. É mesmo provável que tivessem deixado Paris, quando já Maria dava uns chás a alguns vagos titulares internacionais, por algum *chantage* de escândalo, que o Azevedo teve de saber e pagar.

"Mas isso não era nada! As exigências e o descaro de Maria cresceram na proporção do embrutecimento do marido. Quando voltaram de Paris, ela exigiu no seu palacete toda a ala direita mobiliada à indiana, com autênticos bambus de Calcutá, potiches de cobre de Benares, deuses bramânicos de porcelana e de metal. O seu quarto tinha guarnições de seda verde pregadas a grampos de coral; os cortinados eram de gaze de Decã, a mais leve gaze do mundo. Aos pés da cama, um Vixnu[78] de marfim, o deus dos ricos, olhava-a a dormir. Frequentava-os por essa ocasião uma turbamulta de homens sem preconceitos e rapazes bem dispostos, que forneciam as traições ao Azevedo. Maria era uma pilha de nervos. Não se resignara ao pobre cônsul; e a sua neurastenia explodia em desejos de humilhações e um desenfreado apetite de sedução. À mesa, fazia o cônsul levantar-se, ir buscar o seu leque ao segundo andar, para beijar o conviva, principalmente quando o jantar era a três. De outras vezes, marcava-lhe a hora da entrada: 'Preciso estar só. Apareça depois da meia-noite.' E nesses dias sempre alguém conhecia a pele de tigre real com forro de brocado rubro, que havia na terceira sala da ala esquerda, onde se amontoava a coleção de armas usadas por todos os soldados dos rajás imagináveis.

"Vocês riem! Eu afinal tenho pena. Esse homem ganhava rios de dinheiro, gozava de boas relações… Julguei-o um indigno. Não era. Era e é um ser que ama. Qual de nós não tem o seu segredo inconfessável e um desejo irreprimível? O amor é o desejo, mas o desejo da completa satisfação, dessa ilusão dos sentidos. Quando se quer assim, somos arrastados como por uma corrente. Há casos piores a que apertamos a mão..."

— Mas, agora, que fazem eles?

— Não os vejo há dois anos. Naturalmente ela quer ser família. É uma aspiração natural. Vi-a com ele, na abertura da Câmara, numa pose de duquesa pintada pelo La Gandara. Decerto já se resignou ao Azevedo e estão ambos aqui, a gozar o inverno, a dar a impressão de que são felizes. E entretanto a Maria é a alma envenenada, agrilhoada a um corpo que detesta, desejando, no desequilíbrio de carne a tropa dos homens, desejando, no desequilíbrio de moral, a posição e o respeito; o Azevedo é o pobre bruto sacrificando tudo, a honra, o dinheiro, a vergonha, rastejando o ignóbil só para que lho consintam um pouco de amor pela criatura que lhe agradou aos sentidos. E ambos desgraçados, desvairados, seguem a vida, com o sorriso no lábio e a vaga inquietação no olhar febril.

Nesse momento, a bela Chilena, Maria de Azevedo, ergueu-se. O impertinente fraldiqueiro[79] saltou da cadeira. O homenzinho baixo também, de outra. Ela viu o barão, que se levantou, curvou-se. Azevedo abriu os braços.



— Oh! Você! Há dois anos!

— Donde vem?

E os dois homens abraçaram-se. Ele parecia velho, meio desconfiado. Ela, sob a luz opalizada das cortinas brancas, sorria, um sorriso misto de inexprimível ironia e de vaga satisfação, enquanto os seus olhos pousavam, como uma perturbadora carícia, na mesa em que Alberto Guerra continuava a almoçar, seguro dos seus bíceps, dos seus brilhantes e talvez dos seus versos, no *brouhaha* entontecedor do vasto *hall*.

# Coração

*A Irineu Marinho*



Quando chegou à casa para almoçar, João Duarte soube pela criada que a menina ardia em febre. Nem descansou o chapéu. Precipitou-se no quarto onde a pequena Maria, numa grande cama, estendia seu corpinho ardente.

— Que tens, minha filha?

Maria não respondeu. Apenas agitou a cabeça como se a incomodasse qualquer coisa no pescoço, e tinha a pele de brasa, a pele que parecia fogo.

— Como foi? Como foi? — perguntava o pai, curvado sobre o leito. — Comeste decerto alguma coisa que te fez mal. Uma fruta decerto? Com este calor, louquinha, com este calor! Mas vamos mandar a Jesuina ao médico. Ele vem já, dá-te umas drogas, e ficas outra vez boa, pois não?

Saiu para a sala de jantar, escreveu às pressas um bilhete.

— Leva já isso ao Dr. Guimarães. Depressa.

— E o senhor não almoça? Está pálido.

— Não, perdi a fome. Esta Maria! Decerto fez alguma imprudência. Anda, vai. Diz-lhe que venha imediatamente. Que te parece a doença da Maria?

— Oh! Meu senhor, uma das doenças da menina. Oito dias, e sara.

João Duarte forçou um sorriso de esperança e de novo foi-se ao quarto. A pequena continuava numa ânsia, a mover a cabeça, os olhos fixos, uma vermelhidão na face, os braços também vermelhos. João aconchegou-lhe as cobertas, apalpou-a, teve vontade de tirar o cobertor ao mesmo tempo que lembrava ir buscar mais outro, abriu as cortinas das janelas, olhou fora sem ver o movimento da rua, tornou à filha, beijou-a, passeou nervoso, sentou-se à beira da cama, ergueu-se, apanhou uma cadeira, suspirou, quedou-se com uma dor indizível a olhar a pequena. Era sempre assim, era sempre aquele excesso. A sua filha, a sua querida filha! João Duarte era um pobre professor de matemáticas, com uma larga fronte e um gênio arrebatado. Diziam-no de grande talento os discípulos, posto que bastante original. Filho de uma família rica e de raízes nobres, viu-se aos treze anos, ao cursar o primeiro ano da Escola Central, na miséria, porque o pai morrera de congestão em véspera de certa combinação da Bolsa e os sócios, irmanados na infâmia, haviam absorvido com descaro toda a fortuna. João entregou a parte que lhe cabia dos restos da herança às irmãs e continuou só a estudar, ensinando para viver. Os amigos acharam excessivo o gesto do rapaz. Ele nem sorriu — porque sentia na sua alma um desejo infinito de amar e dedicar-se.



— São minhas irmãs! — dizia.

Naquele tipo de matemático, havia um ser excepcional, o estofo de um santo? Quem sabe?

Ele resumia a vida no amor que se entrega suave e sem mácula, e enquanto através do seu curso brilhante, lentes e condiscípulos vaticinavam-lhe o mais brilhante futuro, pensava em criar uma família, em ter um lar para ter alguém seu e inteiramente dedicar-se, velando, cuidando, sendo a causa dos prazeres, o princípio das alegrias de alguém. Casou com uma pequena de família humílima antes de terminar o curso. Era um colégio gratuito em que meia dúzia de rapazes ensinavam meninas pobres. Ela aparecera aos treze anos, pálida, com as mãos bem tratadas, um sorriso de resignação nos lábios. Ele indagou da família, e certa vez em aula:

— Menina, queres casar comigo?

Toda a aula riu, achando graça na pilhéria do senhor professor. A pequena ficou mais pálida e duas grossas lágrimas rolaram-lhe pelas faces brancas. Ele foi dali à casa da mãe, uma senhora viúva de gênio irascível, que vivia com três filhas honestas a fornecer comida para fora.

— Mas, senhor doutor, está louco! Minha filha tem treze anos apenas. É uma criança.

— Não importa. Espero até os quinze, mas fica noiva.

A mulher desconfiou a princípio e negou-lhe entrada. Ele começou a presentear a criança, e dar-lhe dinheiro entre as folhas dos livros mandados à velha, de quem sabia as necessidades, a enchê-la de cuidados, num exagero que a assustava. Era um amor mais de pai que de noivo, um amor sem desejo de carne, espiritual e enorme. Ela foi a pouco e pouco acostumando-se, vendo nele o protetor, menos que o apaixonado. Certa vez, ao entrar na aula, recebeu a primeira carta de amor: "Venha já. Mamãe com um ataque. Nós três sós e aflitíssimas." Partiu. A moléstia da velha era grave e ele ficou para fazer-lhe fricções, dar-lhe banhos, enquanto naturalmente as despesas da casa corriam por sua conta. Quanto era preciso trabalhar! Lecionava em três colégios, tinha aulas particulares, ensinava à noite turmas de calouros. Morria de trabalho e estava satisfeitíssimo, sentia-se feliz quando a Aurélia dizia:

— O pai quando era vivo também fazia assim!

Para não chocar a suscetibilidade da velha, imaginou tomar pensão na sua casa, pagando o triplo do que devia pagar, acabou pedindo-lhe um quarto, em cima, no sótão do velho prédio, o quarto em que estavam os cacaréos[80]. Quantos sabiam do fato comentavam-no com acrimônia[81]. Estava o João Duarte de dentro, com três virgens! Que sátiro! Sempre que a opinião da rua filtrava através das portas, a velha em cólera, bramia, gesticulava, bradava. E João, sem forças, dizia súplice:

— Mas se não é verdade? Se a senhora sabe que não tenho tensões más?

— Era melhor que as tivesse! Ao menos se sabia logo! — engrolava a velha no auge do furor.

— Que se há de fazer? Cada um como nasceu…

Ao cabo de dois anos, porém, casou. Foi modesto o casamento. Ele apareceu com o mesmo fato preto com que diariamente labutava. Não lhe sobrara dinheiro, tanto era o luxo para a noiva e tantos os objetos comprados para a nova casa, aos poucos, com mil sacrifícios e uma porção de trabalho, muito trabalho. Mas Aurélia não o amava. Nunca amou a ninguém. O desequilíbrio nervoso da mãe redundara nela numa vaga histeria. Precisaria decerto de um homem brutal. Encontrara perdida no mundo uma rara alma. A influência da mãe, as suas ordens, os seus conselhos era que a regiam. João marido passou a ser a criatura que tem obrigação de dar. Ele dava como um escravo. Nunca um enlevo, um simples gesto terno lhe acolheu sacrifícios de dinheiro, sacrifícios de trabalho. A família, por ver Aurélia feliz, começou a querê-la menos. As duas irmãs solteiras açulavam os maus instintos da velha, e eram elas que faziam a chuva e o bom tempo na casa de João. Às vezes, Aurélia entrava em casa a chorar:



— São umas miseráveis! Trataram-me como um cão, depois de lhes ter dado uma porção de coisas!

A cólera estalava na alma de João.

— Já não te tenho dito tanta vez? Não lhes fales! Elas invejam a tua felicidade.

— Se elas soubessem!…

— Então, não és feliz?

— Eu, feliz?… Ah! Que ideia!

Um grande desejo de insultar aquela criatura vulgar empurpurecia a face de João. Mas para quê? A pobre mulher não o compreendia, ele é que escolhera mal amando-a, amando-a com aquele estranho amor de altruísmo e incapaz de viver senão para por ela sofrer e a ela dar todo o produto do seu sangue, dos seus nervos, da sua inteligência. De resto, Aurélia rebentava em choro ou caía em profundos silêncios agonientos. Era preciso diverti-la, dar-lhe mimos, levá-la ao teatro. Então João multiplicava-se. Quando não havia criada, era ele de madrugada que ia acender o lume, preparar o primeiro almoço, levá-lo à cama. Saía, corria às obrigações, com o redingote verde e os sapatos em mau estado, voltava para o almoço carregado de frutas, de gulosinas[82] de que ela dizia gostar.

— Trouxe-te figos e bombons. Come.

— Não quero — fazia ela instintivamente cruel, empurrando os embrulhos.

Ele tinha um vinco de tristeza e de raiva logo sopitada[83]. Mas comia às pressas qualquer coisa, ia logo trabalhar. Ao jantar trazia-lhe sempre uma recordação, ria verificando que já não existiam frutas e bombons, mandava-a se vestir para o teatro, e ainda dava explicações a uma turma, entre o jantar e o teatro. Ela saía sempre contrariada porque o marido tinha pressa e voltava em cólera porque havia no teatro mulheres mais bem-postas ou porque a peça não lhe agradara. João, humilde, preparava-lhe o chá, preparava-lhe o leito, ia para a sala escrever e estudar até de madrugada, e muita vez Aurélia acordou sobressaltada, com ele ao lado a olhá-la enternecido.



— Ah! Que susto! Até pareces um lobisomem!

Mas, de súbito, Aurélia aparecia mais alegre, consentindo mesmo numa carícia. Era a reviravolta. Fizera as pazes com os parentes, ou antes, sem recursos, a velha mãe e as irmãs solteiras tinham vindo alegremente lhe fazer uma visita. As frutas, os bombons iam embrulhados tal qual para a casa delas, os cortes de vestido, os frascos de perfumes sumiam-se do guarda vestido.

— Como estou aborrecida! Se me deixasses ir ver a mamãe? Ela afinal é mãe. Não há duas mães...

João sorria.

— Vai, filha. Não te prendo, mas vê se consegues demorar as pazes.

— Se elas brigaram foi culpa tua. Não insultes a minha família. Minha mãe é minha mãe.

— Bom, bom, nada de zangas. Vai, anda...

Por que tentar o impossível? Ela não o compreenderia nunca. Era um espírito de criança numa alma de mulher sem amor. Como sentir aquela afeição tão fina, tão superior em que a honra, a dedicação, o sonho de um homem cheio de coração irradiavam? Um rapazola qualquer com três socos talvez abrisse na rocha a fonte do amor. Um tipo cheio de dinheiro espalhando notas do banco talvez a fizesse esquecer os seus deveres de esposa. E João Duarte recalcava bem no íntimo um vago e atroz ciúme do que não existia, culpava-se, culpava-se e vinha a amá-la mais, a rodeá-la de maiores carinhos para não a perder, para não se ver perdido, porque precisava amar alguém, dar a sua dedicação a alguém. Assim viveu dez anos. Parecia ter vivido vinte. Estava magro, abatido. As roupas de baixo tinha-as rasgadas. Os fatos duravam-lhe dois anos. Não bebia senão água: comia sempre pensando noutra coisa, e dormia pouco, cada vez menos, com o cérebro cheio de preocupações, as aulas, as vontades de Aurélia a satisfazer, os negócios a liquidar com os prestamistas. Foi por essa ocasião que a mulher se fez mais criança ainda, começou a ter vômitos, a sentir os pés inchados, a vociferar com ciúmes, despedindo as criadas aos gritos. João não acreditava. Seria possível? Mas o médico não lhe deixou dúvidas. Após dois lustros[84] de união, Aurélia estava grávida. Todo o desejo do pobre enfim realizado! O seu amor foi tão grande, o sentimento da paternidade fê-lo tão loucamente feliz, tão cheio de carinho para com a mulher, que ela, uma vez na vida, cedeu, deixou-se embalar. E eram passeios e eram consultas de médico e eram beijos. Nos últimos dias era ele quem a vestia.

— Vamos ter um filho! Um filho! Sorri, tolinha! Sorri! Vai ser tão bom... Se for mulher, havemos de chamá-la Maria, hein? Querias que fosse homem? Ah! Egoísta! Os filhos gostam sempre mais das mães que dos pais. Mas há exceções. Tu por exemplo és mulher e gostas muito da tua mãe.

— Não fales! Não fales!

O parto foi laborioso. Aurélia gritou duas noites, julgando-se desgraçada e intimamente culpando daquele horror o marido, que não dormia, de um para outro lado, aflito, pálido. Quando a pequena nasceu, em uma noite de temporal no mês de junho, João ao tomá-la ao colo sentiu uma tontura de alegria. O mundo se transfigurava. Os móveis tocavam-se de uma luz estranha. O teto abria uma chuva de delícias. Afinal o destino realizava a sua única vontade: uma filha! O seu sangue, parte do seu ser, com alguma coisa da sua alma, o desdobramento belo do seu eu. A essa sim, ele podia amar totalmente, com o seu grande amor sempre contido e represo, a essa devia amar e sentia amar, a essa entregaria a sede de pureza e ideal do seu coração dedicado, porque ela havia de compreendê-lo, havia de senti-lo, havia de saber que a sua vida inteira de esforço, de coragem e de sofrimento tinha por fim, por meta do sonho, por último círculo do paraíso — ela.

— Minha filha... — murmurou num êxtase. — Minha filha...

Mas decerto o destino dando-lhe uma filha queria simplesmente aumentar as angústias desse humilde coração sensível, feito de excessos de ternura e de dedicação. Maria nascera doente. Aurélia, vendo que os carinhos do escravo diminuíam e por uma feição dos seus nervos em desequilíbrio, desinteressou-se dos carinhos maternos ao mesmo tempo que sentia um violento ciúme do marido, apontando-o como o inimigo pronto a roubar-lhe o amor da filha. Era o próprio egoísmo, o feroz egoísmo das histéricas. João entrava da rua ansioso.

— E a pequena?

— Não sei, pergunta à ama. Pois se não a largas!

Ele queria sorrir, hesitava, não compreendia bem aquele azedume eterno e lá se ia para o berço a olhar, a olhar, muito, muito... Sem nunca ter aprendido, viu-se à perfeição a enfaixar a petiza, a embalá-la, a cantar cantigas, com uma voz muito triste. Ele, que nunca na sua vida cantara por não ter tempo nem alegria, sentia naquela obrigação de carinho paterno que cantar era para a sua alma como desabafar soluços guardados no seu peito de homem muitos anos antes, toda a sua vida.

Quando se anunciou a dentição, Maria foi presa de uma febre violenta. João desvairado mandou chamar um médico amigo, seguia-lhe as prescrições à risca, com altas doses de quinino, e a pequenita deu de piorar. Era um erro de diagnóstico, o tratamento contrário, a morte. Em casa havia uma balbúrdia. Aurélia, incapaz de resistir, dormia nas cadeiras. As irmãs e a mãe, inteiramente inúteis, julgavam a criança perdida e apostavam o dia da sua morte. Ele nem mais dormia, nem mais comia, aflito, louco, com a pequenita nos braços, sem consentir que a tocassem.

— Deixem! Tenho esperanças! Uma grande esperança...

E a velha muito sincera:

— Qual! Aqui só o milagre!

Começaram as conferências. Os remédios enchiam os consolos da sala. Um dia, fora de si, ele chamou o médico.

— Está perdida?

— Meu pobre amigo...



— Está?

— Infelizmente.

— Pois bem. Peço-lhe um grande obséquio de camarada. Venha apenas passar o atestado. Não lhe demos mais medicamentos. Custa-lhe tanto! Ela faz uma cara tão feinha. Eu fico a acalentá-la até a morte. Talvez o meu amor...

— Sim, talvez — fez o médico a sorrir com descrença.

E ele ficou, no escândalo condenador de toda a casa, a passear a filha, a dar-lhe gotas de leite, a animá-la, a incutir-lhe com toda a força da sua vontade o desejo de vê-la viver, de vê-la renascida. Assim passaram quarenta dias. Quando ao cabo desse século de dor e de tensão nervosa, viu a pequena sorrir-lhe sem febre, sã, de aparência sã, mirou-se num espelho por acaso, ao passar, e notou então que tinha ainda envelhecido. O médico chamado confirmou:

— Sim, com efeito, a reação... Mas como sofreste, meu amigo! Estás mais branco.

— Que queres? É a vida — fez ele a rir para os outros que sorriam. — E querer bem custa tanto!

A doença da filha viera desorganizar-lhe a vida do lar, se é que tinha isso. Aurélia cada vez mais nervosa, de pior humor, estava realmente doente e não se sentia senão irritada contra a filha. João não podendo conceber esse coração, dividia-se entre as duas, atenuava, mas à proporção que o amor da filha mais se arraigava, a mágoa da esposa aumentava. Maria, a petiza, tinha uma saúde de vidro. O pai fazia-lhe uma atmosfera de suavidades. Foi ele quem lhe ensinou os primeiros passos, foi ele quem a fez repetir as duas primeiras sílabas formando sentido e quem toda noite até Maria ter cinco anos a adormecia numa vasta cadeira de balanço a cantar baixinho velhas canções de embalar crianças. Aurélia, indignada, à hora de ir ao teatro, surgia.

— Mas é espantoso! Adormecer ao colo uma pequena de cinco anos! Bem diz a mamãe que as tuas maluquices estragam a menina!

João deitava a filha recomendando à criada mil precauções. No teatro ou onde estivesse a conduzir a esposa, apanhava sempre alguns minutos, tomava um tílburi[85], ia até a casa ver se Maria dormia bem.



Esses cuidados, o amor incomparável, faziam a petiza grata, com a gratidão das crianças que é de tão grande egoísmo. Como a avó levava a fazer-lhe censuras com o pretexto de a educar assim como as tias, Maria odiava os parentes. Como a mãe nos seus acessos neurastênicos dava razão à família e batia-lhe, tinha pela mãe um sentimento muito vizinho do medo. O pai era bem tudo, resumia todos os amores na sua permanente carícia, e fazia-lhe todas as vontades, comprava-lhe brinquedos, brincava com ela, e nada mais agradável para os seus curtos instantes de descanso do que ir fazer com a filha o "chicote queimado", fingir que não descobria um lenço escondido e vê-la rir, rir como riem as crianças, pondo um pouco do céu sobre a terra. Enfim ele realizara a felicidade. Havia um ente por quem se sacrificava, mas que só no mundo a ele via com amor! E a cada achaque de moléstia, a cada febre violenta da menina, ficava aí perto do leito, sem pregar olho, olhando-a, exigindo que ela vivesse, com medo dos médicos, da família, de todos. Dos sete anos, porém, para diante, Maria só adoecera duas vezes e ele estava já pensando num fenômeno de saúde, já descansado, já com o sonho de um futuro risonho ao ver a filha linda, corada, sadia, quando ao entrar em casa encontrava-a assim, a arder em febre. Seria grave? Seria coisa de nada? Maria continuava a agitar a cabecita, os dois olhos injetados.

Então João suspirou de novo. Teria coragem de ir até o fim, teria energia para vencer nessa nova luta? E foi ao encontro do Guimarães, que entrava acompanhado da Jesuina.

— A Maria, sabes, aquelas coisas... Parece-me sério.

— Vamos a ver. Não te aflijas.

Entrou, começou a examinar a doentinha, demorou o exame num profundo silêncio, em que João parecia de mármore para não deixar transparecer a sua angústia. Depois, pensou.

— É difícil um diagnóstico. Por enquanto vamos dar-lhe um laxativo e um pouco de quinino para combater a febre.

— Quinino! Ela tem horror ao quinino.

— Ora, João, deixa de tolices. Como queres tu combater a febre? Ela tem trinta e nove e oito décimos.



Foi-se a receitar e, como amigo da casa, ordenou a Jesuina levar a receita.

— Volto à tarde. Até logo. Não te aflijas, homem.

João ficou no quarto, tal qual tinha entrado, com o chapéu na cabeça, a sobrecasaca aberta. Era como se tivesse recebido a notícia de que o mundo ia a desaparecer. Então a sua filha doente? E grave, grave! Sim. Estava grave! A pequena no leito crescia da agitação, erguendo os braços, sacudindo a cabeça nas travesseiras. De repente, ergueu-se atirando longe as cobertas, sentou-se.

— Minha filha, que é isso?

— Já é tarde, vou vestir-me.

— Não podes; estás doente.

— Ah! Quanto fogo! É um fogo de artifício. Espera. Onde estão as botinas?

— Maria! Maria! Olha teu pai.

— Ah! As baratas, as aranhas. Que porção de baratas! Vamos matá-las, vamos. As botinas...

Era o delírio. Sem forças para retê-la, temendo magoá-la, João acompanhou-a. A pequena corria a casa, ele precipitava-se para fechar uma ou outra janela, para amparar-lhe os passos titubeantes. Era o delírio. Era a morte. Oh! Sim, era a morte! Maria entretanto não caminhou muito. Súbito esmoreceram-lhe as pernas, e ele levou-a ao colo para o leito, aconchegou-a bem, ajoelhou na borda da cama.

— Maria, descansa; não morras, minha filha, não morras porque eu não resisto!

E sentiu que chorava, que pela primeira vez na vida chorava na presciência da fatalidade inexorável. Mas era preciso lutar, arrancar o seu entezinho ao irremediável. Enxugou as lágrimas, as ideias um tanto confusas. Aquela calma de amor com que reagia sempre outrora se transformara numa agitação febril em que a sua vontade se perdia. Quando os medicamentos chegaram, foi ele mesmo a administrá-los. A febre continuava.



Para o jantar Aurélia entrou, e ainda toda enfeitada no quarto:

— Então que é isso?

A Aurélia mal, desde que saíste, parece.

— Não há de ser nada.

— É grave. Já delirou, está delirando. Maria, minha filha...

— Se mandássemos prevenir a mamãe?

— Faze o que quiseres, deixa-me, deixa-me!

Ao escurecer, o Dr. Guimarães reapareceu. A febre não cedera, antes aumentara. O médico balançou a cabeça. Era impossível fazer ainda um diagnóstico, mas o estado da menina inspirava cuidados. Se não tinham confiança nele, poderiam chamar outro para uma conferência, e mesmo não o preferir... De resto a casa já tinha esse aspecto que precede as tragédias, como se o inanimado, os móveis, os muros, os quadros, os objetos sentissem antes dos homens o arrepio da morte, a passagem da ceifadora. A família de Aurélia aparecera. A velha dogmática arrasava Guimarães e queria outro médico. As irmãs já asseguravam o caso perdido, como de costume. A vontade de João soçobrava. Ele queria estar apenas perto de Maria, não se tirar dali, ser o único a cuidá-la. Então foi pela casa, dirigida pelas mulheres, como um vento de ensandecimento. A primeira conferência relegara Guimarães. Outro médico moderno e célebre aparecera, imaginando banhos quentes e injeções hipodérmicas de quinino, enchendo os aparadores de frascos e de caixetas. Batiam à porta sinistramente os fornecedores. Uma grande banheira foi instalada no quarto. Para enchê-la, cada um trazia o seu jarro d'água a ferver. João calafetava as portas, despia com uma delicadeza infinita a pobre Maria, tomava-a ao colo, depositava-a na banheira com um arrepio, como se estivesse a matar a filha, enquanto o médico contava os minutos. Tomava a pegar da criança, enxugava-a, envolvia-a nos cobertores, quedava-se, com os olhos muito abertos, um vinco de angústia entenebrecendo-lhe a boca. E o médico tomava da agulha, enterrava-a no ventre da filha, indiferente, conversando. Como apesar dos laxativos, o ventre continuava átono[86], recorreram aos clisteres[87]. Ele os dava só, sabia de todos os remédios e passava a noite, aos pés da cama, olhando a filha. Quando ela dormia, chorava, e murmurava tão baixo que só a sua dor o ouvia.

— Não me deixes, Maria, não me deixes... Ah! Não que eu morro, que eu morro! Por que vieste, hein? Por quê? Para me fazer sofrer?

E de uma vez em que estava assim, com a face molhada de lágrimas, ouviu a voz da filha:

— Ah! Paizinho! Quanto trabalho está tendo comigo!

— Maria!

— E não vale a pena...

— Meu amor, não fales, ouviste? Dorme. Estás muito melhor.

Tocou-lhe nas mãos, e, com efeito, sentiu-as menos quentes. A febre declinara. Uma chama de esperança brotou-lhe no coração. Esperou ansioso a manhã, e quando o médico chegou, disse-lhe quase a sorrir:

— Está melhor. A febre diminuiu.

— Acontece. É do curso da moléstia. Tem trinta e oito graus de febre.

— Então?

— O perigo ainda não desapareceu, meu caro. Sua filha tem uma grave moléstia com períodos fatais. Há quanto tempo caiu? Há oito dias. Desde esse momento os dias têm se conservado firmes, de sol. Esperemos que assim continue o tempo mais uma semana e eu garanto a vida da pobre criança. Mas, se por acaso tivermos uma brusca mudança meteorológica, uma tempestade, o abaixamento da temperatura... é difícil dizer qualquer coisa.

— Então, se o tempo conservar-se firme?...

— E se houver a tempestade...

Certo João Duarte nunca na sua vida se sentira tão a braços com o destino triste. Ouvira falar de moléstias em que a variação atmosférica influi perniciosamente, sabia mesmo o nome de algumas, mas a hiperestesia[88] da sua angústia, a tensão nêurica[89] em que o mantinha a iminência do desastre, aquele ror de noites passadas em claro, o esforço físico de andar com a petiza ao colo já tão crescida, e esse martírio de sofrer na alma todos os cruciantes sofrimentos físicos da filhinha faziam-no perder a noção nítida das coisas, esbatiam[90] a vida em torno do grande problema: salvar Maria. A ideia da tempestade entrou-lhe no cérebro de matemático, de homem de ciência sem abusões, sem crendices, como o anúncio da catástrofe que era preciso evitar a todo transe. Um tremor convulsivo tomou-o, e a sua atenção bipartiu-se entre o céu e a filha com o pavor de um primitivo diante dos elementos. Se chovesse, se no céu lindo rolasse o fragor do trovão e nuvens negras toldassem o azul do firmamento, toda a razão de ser da sua existência naufragaria porque a filha não poderia escapar. Não se tirou mais do quarto. Passava a velar Maria e a ir de vez em quando levantar a cortina para olhar o céu, com um medo supersticioso. Era em novembro, no começo do verão, nessa época de bruscas tempestades em que amainavam os grandes calores. A temperatura subia, o sol era um disco de fogo no azul-cobalto do céu sem nuvens; e as noites se diluíam num escandaloso luar cor de ouro e cor de opala. Estavam a findar os dias do plenilúnio[91], iam entrar na minguante. Talvez mudasse o tempo. A febre não cessara, queimando a fogo lento os membros emagrecidos de Maria. A nevrose da casa tivera um hiato de cansaço, à espera do acontecimento. A família dormia pelas salas, sem pouso. Aurélia tivera dois ataques com gritos despedaçadores que faziam no seu leito a doentinha contrair o semblante numa inédita angústia de cadáver horrorizado subitamente voltado à agonia. Ele quedava-se, ouvindo o crepitar da lamparina e o tique-taque do relógio na sala de jantar a coser o tempo no pesponto certo dos segundos. Qualquer outro rumor, o arrastar de uma cadeira na casa vizinha, as vassouradas dos varredores pela madrugada, faziam-no pensar em trovões ao longe, em quedas d'água. Corria então à janela, levantava a cortina, perscrutava o céu calmo. Ah! Se não chovesse! Se o milagre se desse! Se Deus quisesse! Até mesmo em Deus ele acreditava, pondo a reger aqueles fenômenos que a sua ciência conhecia, um ser sobrenatural e todo-poderoso. E assim os dias passaram. Um, dois, três, quatro dias que eram para ele a corrida do seu coração, o galope dos sentidos por um túnel de treva à procura da luz anúncio da vida, dias de que contava as horas e os minutos e os segundos como se os sorvesse sedentamente num contador de fel, dias que lhe chupavam das artérias anos de existência.



— Façam uma promessa — segredava às mulheres —, vocês que acreditam. Façam uma grande promessa. Eu cumprirei...

As criaturas, incapazes de sentir assim, estavam afinal tocadas de respeito, lamentando tanto a criança como aquela energia humilde que a seu lado se finava por amá-la demais. Os santos surgiam. Havia oratórios na sala de visitas, no quarto de Aurélia, com velas a crepitar. E a febre continuava a ressecar a pele branca de Maria, sempre, sempre, sem descontinuar. No quarto dia — era de madrugada e já João fora várias vezes olhar o céu —, estava sentado a olhar o sono tenebroso da filha, quando pelos seus olhos passou um relâmpago. Não, era decerto alucinação da fraqueza. Correu à cortina e quedou-se com um arrepio de horror. Grossas nuvens vinham vindo do ocidente. A luz da lua era de uma intensidade cegadora, envolvendo de tal sorte o casario que parecia librá-lo[92] numa atmosfera de sol azul, coroando-o de icebergues de flocos.

Na linha do horizonte, porém, sucediam-se clarões como os que fazem os canhões ao longe a detonar. Era mesmo um canhoneio de chamas, de que ainda não se ouvia o barulho, mas que barravam a barra do céu de putrefações luminosas.

João Duarte correu à filha, apalpou-lhe o braço descarnado, que ardia. Nesse momento ouviu-se um grande fragor pelo céu todo. Era o trovão. João passou várias vezes a mão pelo rosto. Era impossível! Era impossível! Talvez ele estivesse tentando os elementos, com a ideia permanente da chuva. Procurou alhear-se, pensar noutra coisa, arquitetou frases vagas, com os ouvidos à escuta, os olhos dilatados.

Esteve assim um instante que lhe pareceu um século. Não resistiu, voltou à janela. Já o céu de um azul de vidro se achamalotava[93] e se rendava de nuvens cor de cinamomo[94]. Qual! Era verdade! A chuva vinha, era fatal! Nunca na sua vida o destino sorrira senão para lhe lançar mais veneno na alma. Assistiria de pé à hecatombe. E depois estalaria, estalaria como estalara o trovão.



Que fazer? O céu em pouco foi todo um licor que baixava, empedrado de nuvens, empurradas pelo vento. A rua, minutos antes banhada de luz, escurecia em treva. Grossos pingos d'água começaram de bater na vidraça onde João tinha a face colada. Em pouco os pingos redobraram saraivando nos vidros, e os trovões tonitruavam, trovoavam, fragoravam no arquejo despedaçante do vento alanhando o negror do espaço de coriscos súbitos que rachavam a treva. E, àquela violência, João, como um náufrago, ainda tinha esperança, ainda pensava, que após o temporal voltasse o tempo firme definitivamente, e ainda houvesse um meio. Qual! Aquilo ia acabar, tinha de acabar. Era chuva de durar pouco! Mas a chuva caía, jorrava do espaço violenta e brutal, inundando a rua.

João olhou então a filha. A pobrinha mostrava apenas a face de cera entre os caracóis dos cabelos. As olheiras eram roxas e o nariz afilava na sombra do para-luz. Pobrezita! Estava a descansar. Ele ficaria ali, contra o elemento, proibindo-o de entrar, impedindo-o de passar. As ideias fugiam do seu pobre cérebro sempre resignado. Abriu os braços nos portais, ficou assim longo tempo, pensando, pensando na tempestade, na filha, na tempestade que ia acabar, na filha que não podia morrer. Quanto tempo levou assim? Era impossível saber. Um zumbido tomara-lhe os ouvidos na recordação dos trovões, as frontes latejavam-lhe, e tinha as mãos frias como se as tivesse passado em gelo. Só deu acordo quando viu uma luz baça vir surgindo no espaço e viu que a chuva continuava lentamente, sem fim. Era das que não acabam! Deixou cair a cortina, veio na ponta dos pés até o leito, apalpou o corpo da filha. Estava sem febre, sim! Sem febre alguma. Dera-se o prodígio? Seria possível? Então a chuva, a tempestade?... Apalpou bem a testa, o peito, os braços, os pés. Os pés estavam até frios. Ora esta! Um sorriso de satisfação abriu-lhe a boca, onde só a dor deixara vincos. Foi buscar outro cobertor para os pés da queridinha, envolveu-os bem, e de novo apalpou as mãos. Estavam também a esfriar. Hein? Que era isso? Talvez o corpo, desacostumado da temperatura normal... Qual! Era idiota o que dizia! Chamou a filha, baixinho:



— Maria, ó, Maria, melhorzinha?

A pobre não respondeu. Também tão fraca! Nem decerto escutara... Chamou mais alto:

— Maria, então? Queres deixar o pai do seu coração sem uma resposta? Não vês? Estou só, eu só aqui, eu que sofro contigo. Maria.

Estava atormentando-a com certeza. Ah! Que bruto era, que mau! As mãos, porém, esfriavam. Oh! Uma nova complicação na noite, mais dores, mais males, mais horrores. Que seria? Foi até a cômoda, acendeu uma vela, veio ver de perto a sua adoração.

Maria tinha os olhos abertos, bem abertos, grandes, largos, abertos. Qualquer coisa de vidro cristalizava-lhe o brilho. E os lábios descerrados mostravam entre os dentes uns filamentos brancos, secos, uns filamentos que nunca vira. À luz da vela as pálpebras não bateram. Uma grossa lágrima rolava-lhe pela face. Já não lhe sentia a respiração.

João Duarte deixou a vela ao lado, na cadeira, virou-se para um lado, virou-se para outro, passou as duas mãos pela cara, esmagando os dedos de encontro aos olhos, quis falar, quis chamar. Parou, pousou de novo o olhar no olhar que se embaciava, olhou, olhou a filha. Um tremor tomou-o, sacudiu-o, abriu-lhe a boca, como que lhe esgarçou os músculos. As mãos crisparam-se-lhe. E, de chofre, caiu para a frente, sem apoio, no chão, com a face de encontro ao pé da cama, estalado de muito amar desgraçadamente.

# A noiva do som

Estávamos na sala malva, a sala das recepções íntimas, das conversas leves em torno da mesa do chá. Mme. de Sousa, linda no seu *teagown*[95] cor de pêssego, posava entre a trêfega Mme. Werneck e a sisuda viscondessa de Santa Maria, e nós, eu e o barão Belfort, já tínhamos esgotado o ataque à música italiana, quando Mme. Werneck deu conta da sua última descoberta:

— O barão está triste.

— Pois se venho de acompanhar um enterro.

— Triste por isso? O barão, o homem sem emoções, triste porque acaba de fazer a coisa mais banal desta vida, entre pessoas de sociedade!

— Não é propriamente por isso. Estou triste porque vi enterrar a última mocinha romântica deste agudo começo de século. Se lhes contasse a história da pobre Carlota Paes, ficavam para aí todos a chorar e, antes de tudo, nesta hora agradável, nunca me perdoariam ter envermelhecido os lindos olhos de Mme. Werneck.

— Mas, pelo que vejo, a sua história tem a propriedade do dilúvio! — fez asperamente a viscondessa.

— Conte-nos isso, barão — disse Mme. Werneck. — Com a sua história contemporânea do dilúvio faremos decididamente coleção de antiguidades sisudas.

Houve um aproximar de cadeiras. O barão bebeu um gole de chá.

— Não conheceram a Carlota Paes? Pois a pobre Carlota Paes, coitada!, já com um começo de tísica e um perfil romântico, dava mesmo pena, à noite, no parapeito da janela, muito branca, como desmaiada. Ninguém lhe sabia da vida, e vendo-a assim, à janela daquela velha casa, todos a deploravam. Quando a Carlota atravessava a brutalidade do bairro pobre, com a apagada dor dos humildes aristocratas, trazia no rosto um tal desgosto que era por quantos a conheciam um só lastimar. Também saía apenas para acompanhar a mãe, uma senhora escalavrada e roída como um vaso antigo, para acompanhar com o seu passo de visão a pobre velha carregada de pesadas costuras. Fora assim desde nascida! Olhava os pobres e os parentes como se guardasse na alma a recordação de um mundo melhor, alheava-se deles, e quando a viam recolher ao sobrado em ruína, já todos tinham a certeza de vê-la aparecer à janela, muito loura, e muito branca. 

"Que fazia ela, assim, por longas horas, alheia à rua, olhando o céu, como um personagem de romance? Coitada! Era o único meio de esquecer a miséria da casa, a miséria que embota a alma e engrossa as delicadezas. Carlota ficava ali, numas atitudes serenas de pássaro triste, com o olhar cravado no infinito, e toda a suavidade sensitiva, quebrada pela incompreensão dos outros, mucilaginava[96] uma dolorosa expectativa.

"Parecia um tipo de lenda à espera da fada que a fosse salvar do bairro escuro e daquela pobre senhora sempre a trabalhar e sempre de preto.

"Como estão a ver, era uma menina romântica, e que romantismo, minhas senhoras! Até eu cheguei a admirá-la. Tossia mais, estava diáfana, parecia uma ninfa virada em anjo da saudade — porque, decerto, quem lhe visse o olhar e os irresolutos gestos, julgá-la-ia perdida de um paraíso artificial. Não lhe pude saber a origem desse esquisito feitio e, certa vez que lhe levava bombons e lhe falei em paixão, ela teve um gesto tal, que me esfriou a alma. Também, como sumida da realidade, nunca ninguém a tinha visto à janela baixar o seu severo perfil às vulgaridades do namoro.

"Esperava, nada via, e com a sua ansiedade, assim ficava até tarde, muito branca e muito loura, olhando o céu.

"Uma vez, no mês de junho, a Carlota estava a chorar, nem sabia bem o porquê, diante da álgida luz do luar, quando na casa junto, o harpejo brusco e sonoro de um piano sobressaltou-a. Do outro lado, lentas espirais melódicas espraiavam-se, envolviam-na. Era, num turbilhão contínuo de notas, de expressões subitâneas e diversas, a expressão persistente, torturante do desejo que não se termina e se preludia, do amor cuja volúpia jamais alcança o paroxismo. Ela ficou presa, estarrecida. Quem seria? Nunca ouvira aquilo, nunca sentira os nervos tocados daquele brusco quebranto, daquele epidérmico encanto do som, exprimindo o inexprimível. Os sons, como carícias de rosas, iam a pouco e pouco desfibrando-a, envolvendo-lhe a alma, machucando-a. Toda ela palpitava agora com uma tremura de folha ao vento. Teria chegado a felicidade, o impalpável prazer até então vedado? Aconchegou-se mais ao xale, com um arrepio de gozo que lhe subia pelos braços e lentamente se irradiava pela nuca.



"Do outro lado, a música, velada, num resumo de mil emoções, esboçava paisagens sutis e esfumadas, desfiava risos perlados, cavava-se em soturnas mágoas e, como se a vida extra-humana fosse um só gemido de amor, toda ela espiralava tormentosos queixumes, endechas dolorosas, perdidos soluços de paixão. Para os grandes sensuais só há um gozo integral que exprimia a ânsia de acabar e a fraqueza humana — o som, a vibração de uma corda na lamentável evocação de vidas que se não realizam.

"Para que o sentir da pobre criança fosse mais intenso, no espaço, as estrelas palpitavam e a luz do luar lustrando as casas com o seu misericordioso brilho, entrava pela janela num retângulo de ouro que parecia milagre. Oh! Nunca a doce Carlota se sentira tão emocionada, ela que sempre vivera na expectativa do bem!

"Essa noite a passou à janela até muito depois do piano calar, ouvindo-lhe o último som perdido na cinza avelhada do luar, e desde então andava o dia à escuta e toda a noite passava, em que o oculto pianista tocava, presa ao parapeito, entre a luz dos astros e os sons misteriosos. Nós já ríamos da paixão."

— Então a Carlota?

— Ai! Meu senhor, continua a viver dos sons, está de todo virada! E quando eu lhe levava alguma coisa: "Então a Sra. D. Carlota sempre com os sons?" Ela pendia na cadeira sussurrando: "É tão bom!"

"Aqueles sons, como um rosário sem fim, que se desfiasse, iniciavam-na numa religião de amor desencarnado, e quando qualquer dificuldade emperrava do outro lado a mão do tocador, a Carlota sentia uma agonia como se hesitasse em compreender todo o alcance pecaminoso da frase. Vinha-lhe às vezes a curiosidade de saber quem era esse tocador. Passava os dias à espreita; a casa ao lado, uma pensão, não lhe deixava adivinhar, entre as muitas pessoas que entravam, o artista estranho da noite. Perguntou à mãe se a informavam e a velha senhora respondeu que não sabia, que não era possível saber.

"Bruscamente, então, perdeu esse desejo. Conhecê-lo para quê? Bastava a delícia de ouvi-lo, bastava a inconsútil paixão que a rojava a seus pés! E perdia totalmente as noites, essas noites de agosto, traidoramente frias, em que a luz brilha mais, há mais perfume no ar e as brumas, ao longe, parecem sudários consoladores. Era um inebriamento até o romper da alva. No fim, quase se arrastando, ia para o peitoril, como para uma tortura, e do outro lado, a música inquisidora amortalhava-a desabridamente no delirante tropel do amor!

"Ah! O gozo do som! Os seus nervos sensíveis chegavam ao pranto, ao soluço, ao sorriso, como hipnotizados. Cada nota já lhe exprimia um sentimento; os trechos repetidos pelo artista ela os seguia, adivinhando acordes, adivinhando sons, como se fizesse o exame da sua alma de amorosa, e de cada vez, mais maravilhada ficava, bebendo a pleno trago o delírio, a morte, o êxtase da música encantada. Decerto, ninguém, ninguém no mundo amava, sentia-se ainda com esse sagrado e impalpável amor. Encostava-se ao parapeito, esperava e era sempre com um susto que, de repente, ouvia abrir-se uma escala, como acordando o piano, e as duas vibrações de bordão, dois acordes de contrabaixo, pesados e sonoros. Depois, um som subia, outro respondia, o aviário se encadeava num trinado. Muita vez, o pianista que fundia a alma com as notas, tocava várias árias simples, com um ar velho, como se os séculos todos chorassem a vida; de outras, eram trechos modernos, trançando no ar uma flora bizarra de nervosos acordes e era então uma revoada de dores, ais sem fim, queixas em arpejos arquejados, rugidos rubros de ciúme, em que o piano parecia abalado e a música estrebuchava...

"Nos últimos dias, a coitada ardia em febre, plenamente fora do mundo, gozando com um gozo feroz de agonizante, o amor incorpóreo, enquanto ao lado, noites em fora, as mãos invisíveis soluçavam a mágoa e a tristeza.



"Ora, ontem, quando eu subia a escada íngreme da sua velha casa, D. Ana apareceu-me desgrenhada. 'Venha, acuda, a Carlota morre...' 'Como foi isso?' 'Sei lá! Passou toda a noite à janela; o músico não tocou, a chuva, hemoptises, sangue...'

"Na sala de visitas, a pobre Carlota, coitada! Estava caída numa cadeira de braços, entre as bacias, as botijas, os panos, a lúgubre confusão que precede o eterno descanso. Fez um esforço, estendeu a mão. 'Estou à espera da música...' Deixei-a, despreguei-me pelas escadas. Era preciso que a música lhe levasse o supremo consolo. Entrei pela casa ao lado. 'O pianista?', perguntei ao encarregado. 'O maluco? No primeiro andar, à direita, quarto nº 5.'

"Subi, bati com força no quarto, empurrei a porta, desesperado. Encontrei um velho homem, magro e adunco. 'É o senhor o pianista?' 'Sou.' 'Há aqui ao lado uma criança que agoniza. Vinha pedir...' 'Para não tocar hoje. Vá com Deus.' 'Não. Venho pedir que toque. Não é possível explicações. Essa menina vive há um mês de ouvi-lo. Está morrendo. Pede-lhe que toque.' O homem passou a mão pelos cabelos. 'Escute, é uma loura, muito loura? Meu Deus! Pobre pequenina! Então ela me ouvia? Vá, eu toco, vou tocar, vá.' Depois, agarrou-me o braço. 'Mas escute, não lhe diga como eu sou. Eu sou feio, perdia o encanto!'

"Quando outra vez entrei na sala, a Carlota morria. Como a querer beijá-la, o luar entrava pelas janelas, num golfão de ouro, e ela, com as mãos de magnólia cruzadas sobre a peito, tinha na face a tortura da agonia.

"Mas, subitamente, teve uma estremeção. Ao lado, como uma ronda de astros que se despregassem do infinito, o piano explodia uma indizível revolta. Um tropel de sons reboou, entrechocou-se, deslizou, rasgando o ar, da terra às estrelas, com uma dor infinita. Depois, pareceu parar, tremulou brevemente, abrindo um paraíso, onde os arcanjos cantassem e, enquanto Carlota sorria, os acordes, como um coro de rosas, envolveram-na, beijaram-na. E ela morreu, docemente, sem uma contração, ouvindo a música do amor..."

Houve um longo silêncio na sala malva, onde há conversas tão alegres, à hora suave do chá.

O barão limpou o monóculo:



— Ora, aqui está porque eu estou triste!

— Coisas da sua fantasia macabra — fez a severa viscondessa de Santa Maria.

— Para entristecer a gente — acrescentou Mme. de Souza, linda e sentimental.

E, de novo, enquanto Mme. Werneck fazia um grande esforço para não chorar, todos nós, com afinco e erudição, atacamos a música italiana.

# A sensação do passado



Estávamos a conversar no gabinete de Jorge Praxedes. Era um fim de tarde prolongado por um lindo e maravilhoso ocaso. Jorge oferecia chá em xícaras de porcelana da Pérsia; havia largos divãs sonhadores entre as mesas atulhadas de bugigangas de arte e, naturalmente, a atmosfera, o tabaco turco, o chá, tudo isso nos dava a lombeira[97] das recordações e o desejo de fazer frases. Já tínhamos falado do amor, da vertigem do tempo, do galope da existência e de outras coisas novas.

— É curioso — disse um da roda —, nós os homens modernos não temos a sensação do passado, do não sentido, do total alheamento que o passado devia dar. As dores, as alegrias, as modas ficam na memória como coisas presentes que se afastaram. Para um homem que vive a vida intensa não há propriamente passado, há um acumulador que não dá a impressão especial do antigo, do acabado, do que não volta mais e há muito tempo terminou.

— Paradoxo!

— É fato. Como homem as minhas amantes mesmo mortas vivem todas na minha memória como se estivessem ali, por trás do paravento[98]; como artista, nunca me foi possível ter a impressão do extinto diante de uma estátua grega, a ouvir um trecho de música clássica, a ver uma linda tela antiga.

Houve um prudente silêncio, e todos olhavam prudentemente as janelas, quando o barão Belfort, que tocava um pouco distante um vago Schumann num piano meio desafinado por falta de uso, exclamou:

— Como tem você razão! Os grandes sentimentos e as grandes emoções são sempre os mesmos. Por isso, os homens guardam na história o mesmo fenômeno de memória da sua vida interna, lembram-se mais de fatos do tempo de infância do que do tempo de ontem. Como artistas, neste torvelinho moderno em que a beleza desapareceu, só o que é medíocre, muito medíocre, dá a sensação do passado, mesmo que seja de ontem. Diante da Vitória de Samotrácia no Louvre é impossível deixar de ter o enebriamento do triunfo diante daquele bloco de pedra ardente que parece arrastar as embaterias[99] da conquista, e anima os nossos nervos de hoje como animaria os dos helenos. A vista da delicadeza pré-angelical de uma cabeça de Murilo, o nosso amor pela beleza vibra como vibrava o dos contemporâneos do grande artista. Que digo! Diante dos simples pedaços de pedra apanhados nas escavações do Egito nós sentimos a vida porque eles sabiam reproduzir a feição eterna da Vida. Um homem moderno não se admira do progresso porque o presente não sente o passado porque o guarda no próprio plasma.

— Grande fantasista.

— Repito, só a mediocridade, a *camelote*[100] pode dar a sensação do bem velho, do velho quase incompreensível para nós, do velho antipático, do velho repugnante, do passado integral. E para isso bastam dois anos. Eu apalpo as opiniões, o afinamento nervoso dos homens, nas pequenas coisas, nas emoções dos sentidos. Qual dos senhores que amam perfumes sente a velhice da essência de rosas? É dos mais velhos perfumes do mundo e é divino e sempre da nossa alma. Qual dos senhores será capaz de usar, sem se sentir fora da moda, fora do tempo, um perfume lançado por qualquer fabricante francês com grande espalhafato e grande êxito há vinte anos, o "Jockey Clube" por exemplo? Ao ouvir uma sinfonia de Mozart, sentindo a cada passagem uma sugestão aos sentimentos eternos, ninguém achará essa música velha. Ao ouvir uma valsa de 1870, cada um de vocês tratará de fugir...

A roda riu desabaladamente. O barão levantou-se do piano um pouco animado.

— Mas é um fato. Só as coisas absolutamente insignificantes dão a sensação do passado. Eu já tive essa sensação, não solitariamente, como me aconteceria cheirando um frasco de perfume da ex-moda, mas num salão de baile, num dia de baile. E até jamais esquecerei a sensação porque vi, olhei, encarei e sofri o miserável passado com toda a sua imensa insignificância.

Como André de Belfort contava sempre coisas interessantes, os cavalheiros presentes aguçaram a atenção.

— Nunca pensei, meus amigos, que fosse tão simples e tão doloroso. Eu que saía dos museus de indumentária da Idade Média com ensinamento de arte e a alma renascida, eu que vibrara diante dos frescos de Botticeli como diante da revelação para o futuro, fiquei aniquilado.



"Há cerca de três anos, fui convidado para um baile nas Laranjeiras. Não era um sarau superelegante, absolutamente *fashion*... Aqueles senhores dançavam ao som de um piano. Havia, entretanto casacas, algumas notabilidades literárias e científicas arrumadas na saleta de fumar, um farto serviço de *buffet*, a elegância das mulheres, das moças vestidas de tecidos leves, a adejar a gracilidade suave dos gestos. O dono da casa recebeu-me com as reverências com que receberia um bonzo. As moças olharam-me curiosamente, os valsistas ergueram os olhos, as matronas indagaram o meu nome e eu fui conduzido ao *fumoir*, onde murchavam cinco ou seis glórias urbanas. Nesta sala estava o piano, o piano torturador. Um mulato de pastinhas[101], com os colarinhos altíssimos e o jeito pernóstico de levantar o dedo mínimo onde fuzilava um solitário, dirigia a caravana das notas, radiante como um deus e suado como uma caldeira. De vez em quando, chegavam rapazes com vozes súplices: 'Firmino, agora, aquela tua polca.' 'Qual delas?', interrogava o pianista com a fronte de orago camarinhada de suor. 'Aquela muito bonita, aquela mole...' E, ali mesmo, baixinho, trauteavam compassos. 'Tocas?' 'Pois não.'

"Por esta apreensibilidade de motivos musicais, percebi estar diante de um desses pianistas da moda, peculiares à nossa sociedade, homenzinhos que vivem de escrever, com alguns erros e muitas aclamações, polcas, valsas e outros sons dançantes. Os jornais anunciavam mensalmente, havia dois anos, novas composições suas, e, como um decreto, o seu nome triunfava nos salões modestos.

"A vaidade enlouquecera-o quase. O Firmino tinha a certeza de estar no galarim[102] e, tocando, acompanhava com os ombros e a cabeça o balanço langoroso dos compassos, de olho aberto, beiço revirado, tal qual um gênio inebriado com a própria revelação.

"Talvez o fosse. Há gênios para tudo.

"Eu ficara depositado numa *rocking*[103], ouvindo Firmino e um velho químico, professor de Faculdade, o Dr. Hortêncio Guedes. O Dr. Hortêncio falava mal do próximo, de modo que o Firmino não me escapava, dada à minha natural reserva de responder com monossílabos quando se ataca a vida alheia.



"O pianista era, de resto, curiosíssimo. À roda do piano havia três ou quatro indivíduos hipnotizados pela sua virtuosidade. De vez em quando, um rancho de moças, escoltadas por cavalheiros, invadia a saleta para lhe fazer o pedido de uma composição comovente, e o Firmino logo esticava mais os dedos, erguia a cabeça ao teto, fingindo-se em pleno sonho, para ter um sobressalto, curvar-se, dizer: 'Minhas senhoras...' Então, todas falavam a um tempo: 'Firmino, toca a *Estrela d'alva*.' 'Não! Antes a *Irresistível*...' 'Silêncio! Firmino, Mlle. Abigail deseja aquela tua valsa... aquela muito dançante. Como se chama, Mlle.?' '*Lolita*.' 'É isso, a *Lolita*.' O pianista lambia os beiços. 'Ah! V. Exa. gosta da *Lolita*? Um pouquinho velha, tem seis meses.' 'Mas é tão bonita!' 'Muito obrigado.'

"E, mais suado, com o lenço entre o pescoço e o colarinho a desabar, o pianista sacudia no piano os saracoteios da valsa. Não sei, meus senhores, qual a vossa impressão ouvindo esse gênero musical. Eu, francamente, sentia-me moço, com vontade de dar à perna, tamborilando nos braços da cadeira, gostando. Aqueles sons eram do meu tempo.

"De repente, porém, quando o relógio batia uma hora, o Firmino parou bruscamente, pôs a mão no queixo. 'Não posso mais!'

"Logo acudiram rapazes, o dono da casa, senhoras. Era a desgraça. A nevralgia, a terrível nevralgia do Firmino rebentara. A notabilidade passava o lenço da fronte ao queixo numa ânsia raivosa. Havia dor de dentes e, principalmente, a dor de não poder continuar a ser o ídolo do grupo. As meninas, cheias de carinho, já tinham ido buscar cocaína, um palito, algodão; um dançarino trouxera o espelhinho do toucador: 'Põe isso, Firmino, a ver se passa.' 'Qual! Não passa...', chorava o artista. E, subitamente, desapareceu da sala, arrastando os dançarinos.

"Durante dez minutos o Dr. Hortêncio tomou sorvete e absorveu as atenções. Eu já estava enfastiado, quando o anfitrião surgiu: 'Ora esta! E que tal, hein? Uma festa que ia correndo tão bem! Logo hoje o Sr. Firmino dá para ter dores de dentes. Estraga-me a noite!'

"Atrás do anfitrião vinham a pouco e pouco surgindo os convidados e o interesse de gozar a noite aumentava o ódio contra o pianista, como se ele tivesse a nevralgia só para os desgostar. Aquilo não passa! É um mulato de maus dentes! E agora? Sim, e agora? Que se há de fazer? D. Julieta toca? D. Julieta era tímida e ainda estava estudando. Ninguém tocava, ninguém sabia o que fazer? E tudo por causa desse Firmino...

"Um dos rapazes, que usava lunetas e parecia muito brincalhão, propôs o suicídio geral, um holocausto a Terpsychore[104] e, para dar o exemplo, atirou-se à janela. Mas voltou de lá, em pontas de pé, a face feliz, pedindo silêncio. 'Meus senhores, está tudo resolvido. Descobri um pianista! Agarrei o impossível!' Todos, num ímpeto, indagaram onde o guardava. 'Ali, embaixo, na rua, vendo o baile. É o Prates. O Prates, há vinte e cinco anos, era o Firmino de hoje. Morreu-lhe a mulher, foi para uma fazenda, não sei. O fato é que, quando voltou, já outros lhe tinham tomado o lugar. O Prates anda por aí furioso contra os rivais, e passa as noites assistindo aos bailes como convidado do sereno. Não perdeu o hábito, coitado! Era a sua atmosfera... De manhã lê os cumprimentos dos jornais e à noite espia os saraus. Original. Lá está ele. É aquele gorducho, de *cavaignac* branco, com um ar de agente de polícia aposentado.'

"'Que romântico!', fez o Dr. Hortêncio, e todos nós fomos à janela, sutilmente, espiar a rua negra, onde, com um *cavaignac* branco estava o caso esquisito.

"O mocinho indagou do anfitrião: 'V. Ex. permite que o vá chamar?' 'Sei lá! Se os senhores quiserem.' 'É velho', clamou alguém. 'Que tem isso?', indagou facundamente[105] o Dr. Hortêncio. 'Então, se ali embaixo estivessem Beethoven, Schumann, Mozart ou outros luminares da música, nós não os deixaríamos entrar!'

"Aquele argumento pareceu decisivo, apesar de estarmos convencidos de que se Beethoven e os outros luminares aparecessem, teriam que ficar na calçada e sem abrigo.

"O jovem partira, entretanto, e minutos depois entrava na sala conduzindo um homem ventrudo que tinha um *cavaignac* de bode branco e rolava o chapéu nas mãos. 'Meus senhores, o pianista Prates, que teve a bondade de aceitar o nosso convite.' 'Eu passava na ocasião', murmurava o homem, 'achei linda a festa...'

"Um bando de dançarinos já o envolvia, oferecendo-lhe licores, tirando-lhe o chapéu, sentando-o ao piano. 'Vai tocar alguma coisa?' 'Quem estava aqui?' 'Nós todos.' 'Pareceu-me ouvir as composições do Sr. Firmino...' Abancou, correu uma escala do piano. Hein? Que era aquilo? Era uma outra escala, uma escala estranha. 'Bem, vou tocar uma valsa.' 'Bem moderna, Sr. Prates; uma valsa dançante.' 'Sim, sim...'

"Os pares voltaram todos ao salão. Prates pareceu recordar; atacou um acorde, depois outro, e os primeiros compassos ecoaram. Um vago mal-estar pareceu, de repente, estreitar a sala. Que coisas cômicas, que coisas grotescas, que coisas estúpidas, essas notas de piano sugestionavam a gente!... A sensação do passado enraivece sempre. Os convidados estavam irritados como se fossem recebendo uma longa humilhação. Eu tinha vontade de rir e ao mesmo tempo de destruir, de quebrar o piano. Na sala, as meninas largaram os pares desanimadas; moças nervosas sentavam-se aos cantos e era uma crescente exclamação de desprazer.

"'Qual! Não é possível! Ninguém compreende isso! Para!' Afinal, um, mais ousado, aproximou-se do piano: 'Ó Prates, toca qualquer coisa de mais novo.' Uma voz rouca respondeu: 'Hein? Não estão gostando?' 'Muito, não. Vê se nos dá a *Valse Bleu*.' 'A *Bleu*? Ah! Essa não conheço.' Parou, fitou um instante a parede fronteira, correu a mão pelo teclado: 'Vou tocar um dos meus sucessos.'

"Eu olhava-o como se olha um monstro, um trambolho que é preciso destruir e ele estatelava nas sete oitavas uma espécie de belchior melódico, tendo tudo, desde o *Seu soldado não me prenda* até os compassos do tempo em que o Furtado Coelho intitulava as valsas de homenagens e as meninas dançavam a *Flor de neve*, a *Flor de baile*, a *Feiticeirinha* e a *Varsoviana*.

"Eu nunca vira coisa tão assustadoramente horrenda. Era como se, de súbito, saltasse ao salão uma velha horrível, remexendo molemente as pernas bambas. A mixórdia espoucava como um rebate devastador. Os tais sons dançantes eram impossíveis de dançar. Por mais desejos, por mais esforços que fizessem os dançarinos hábeis no 'boston' e nas 'americanas', eram incapazes de fazer duas voltas sem errar, sem se encontrarem, sem desanimar. Dançar com aquela música se tornava um tormento superior para os mais alegres. E ele, feliz, com o *cavaignac* pendente, num gozo infinito, corria os dedos, evocando recordações, o Prates de outrora, que dirigia os salões, o Prates querido, o Prates animado no turbilhão das valsas, enquanto cada um de nós sentia o acostar de um espectro, o esmagamento com o dia de ontem, uma impressão de bolor, de umidade, de ridículo...

"No salão, o gás silvava só, e as janelas abriam num largo bocejo para a escuridão da noite. O pianista chegava ao fim em dificuldades, de mãos cruzadas no teclado, empinando o *cavaignac*, glorioso, ébrio de satisfação. De repente, parou, olhou para todos os lados, sem ver, limpou o suor das frontes, abriu a boca num sorriso alvar.

"Não havia ninguém.

"Já muita vez, com certeza, lhe acontecera aquilo, na sua peregrinação melancólica.

"Prates ergueu-se pálido, tão pálido que eu pensei vê-lo cair com uma vertigem; pegou do chapéu, apertou o lenço na boca barbuda, como afogando um soluço e saiu vagarosamente. Dentro batiam os cristais da ceia...

"Foi esta a única vez que eu tive a sensação do passado."

# Aventura de hotel

Naquele hotel da rua do Catete havia uma sociedade heteróclita, mas toda bem colocada. O proprietário orgulhava-se de ter o senador Gomes com as suas sobrecasacas imundas, o ex-vice--presidente da ex-missão do México, a primeira ex-grande atriz de revista, com o seu cachorro, Mme. de Santarém, divorciada pela quarta vez em diversas religiões, o barão de Somerino do Instituto Histórico, um negociante tuberculoso chegado das altitudes suíças com o fardo enorme da esposa, o engenheiro Pereira mais a mulher, mais sete filhos, mais a criada, a notável trágica Zulmira Simões em conclusão da sua última peregrinação provincial em companhia do elegante Raimundo de Souza, duas senhoras entre viúvas, solteiras ou estritamente casadas, enfim, todo um mundo variado, mas que pagava bem. De resto, o proprietário, como assegurava a ex-estrela de revista, correspondia, isto é, servia com cuidado. Havia eletricidade em todos os quartos, um aparelho de duchas no terraço de cima e um cozinheiro chinês.



Ao almoço era curioso ver toda aquela gente na sala de baixo, ornada de palmeiras e de flores comuns, entre os metais polidos das guarnições das mesas. A sala era baixa, com uma luz baça de recanto submarino. Parecia um aquário. A mim pelo menos. As atrizes tomavam ares graves de peixes evoluindo cerimoniosamente no fundo d'água para cumprimentar as damas sem palco; os homens eram reservadíssimos. Tudo aquilo mastigava calado, cada um na sua mesa, batendo o talher. Só quando havia hóspede novo é que surgiam frases breves.

— Quem é?

— O deputado Gomensoro.

— Ah!

Sempre grandes nomes, gente importante, um complexo armorial de celebridades funcionárias e de titulares empastilhados. E à noite, no saguão de entrada, saguão de mármore que o gerente forrara de velha tapeçaria e guarnecera de um indizível mobiliário hesitante entre o estilo otomano, os belchiores[106] e o confortável inglês, podia-se ver os representantes de todas as classes sociais desde a diplomacia até o trololó[107].

Precisamente tínhamos mais dois hóspedes, o velho ministro do Supremo, Melchior, e seu sobrinho Raul Pontes, rapaz elegante, vivaz, espirituoso, com vinte anos irresistíveis. Todos no hotel respeitavam Melchior e gostavam do Raul, e ainda ninguém esquecera a sua verve quando o deputado Gomensoro, depois de lhe apertar a mão, dera por falta do relógio. Onde se fora o relógio? No bonde? Roubado? Saíra Gomensoro com ele? O Dr. Raul Pontes ria a bom rir. O relógio evaporara-se decerto. Era o calor. E ficou muito bem aquele estouvamento, tanto mais quanto o velho Melchior, representante da justiça, mostrava-se incomodado.

No dia seguinte, ao vestir-me para o almoço, lembrei que na minha gravata creme ficava bem um alfinete de turmalina azul com brilhantes do Cabo, linda joia e lindo presente. Abri a gaveta onde o deixara à noite. Não estava lá. Abri outras gavetas, procurei, remexi malas e bolsas. O alfinete desaparecera. Quis descer, prevenir o gerente. Mas contive-me. Podia tê-lo atirado para qualquer canto. Quando se quer achar um objeto, a gente está vendo-o e é como se não o visse. Depois, uma queixa sem provas contra o criado acirra a má vontade. Menos talvez que as queixas com provas, mas sempre o bastante para sermos mal servidos. Eu sou prudente. Três ou quatro dias depois, no saguão, o senador Gomes, que só tinha livros e roupas velhas no seu aposento, perguntou-me de repente:

— Você tem um alfinete de turmalina azul, não?

Além de prudente, sou inteligente. Por que diabo naquele distinto hotel, o senador indagava de um alfinete desaparecido? Tê-lo-ia apanhado por farsa? Era pouco próprio para o alto cargo legislativo, mas para mim uma confiança simpática fez-me o efeito de um piparote no ventre. Respondi:

— Tenho sim. Por que pergunta? Ainda hoje saí com ele...

Gomes travara com a genial Zulmira Simões, oráculo teatral de aquém e de além-mar, uma discussão superior sobre Calderon de la Barca, a quem, aliás, ambos imputavam várias peças de Lope de Vega. Em tão elevada esfera da dramaturgia espanhola, Gomes não respondeu à minha pergunta, e eu que nessa noite não saí de casa, ao subir antes do chá, encontrei no corredor apenas o velho Melchior meio abatido, fechei a porta por dentro, dormi e no dia seguinte dei por falta do meu *porte-monnaie*[108] de prata. Coisa estúpida afinal!



O gatuno — porque era o gatuno, não havia dúvida —, o gatuno ou farsista sem graça deixara a minha carteira e deixara até os níqueis, certo para mostrar que aquilo era seu, que aquilo estava ali porque ele voltaria. Que fazer? Prevenir o proprietário? Mas eu estava num hotel tão distinto! Era pouco correto e estabeleceria o desequilíbrio na confiança geral. Não! Seria melhor esperar.

No dia seguinte, como voltasse de ouvir o *Don Cesar de Bazan* com Zulmira Simões e o brumeliano[109] de Sousa, enquanto de Sousa subia à frente, a atriz murmurou:

— Ah! Meu amigo, este hotel tem casos curiosos... Sabe que fui roubada?

— Sério?

— Sim. O objeto tinha um valor todo estimativo, era um berloque que me dera o Raimundo logo no começo da nossa ligação. Não lhe diga nada que o incomodaria. De resto, não sou eu a única. O Dr. Pontes foi também roubado no seu *porte-monnaie*.

— Como eu!

— O Sr. também? Mas estamos na caverna de Ali Babá.

Horas depois felizmente rebentava o escândalo. Pela manhã, Mme. de Santarém dera queixa por lhe terem roubado um *face à main* de madrepérola com incrustações de ouro sob desenhos, dizia ela, de um pintor húngaro. E o gerente pôs fora o criado Antônio, porque a ele faltavam também passadores de guardanapos — dois, três por dia. Antônio saiu protestando, furioso. Falou até de processo por perdas e danos. Era um ladrão cínico. E durante o almoço a conversa generalizou-se. Ninguém escapara. O que acontecera comigo acontecera com de Sousa, com o barão de Somerino, com o negociante tuberculoso, com o ex-vice-presidente da ex-missão do México, com a estrela revisteira, com o Dr. Melchior. Todos tinham sido roubados e confessavam por desabafar. Havia até mesmo recordações. O Dr. Pontes, o nosso caro Raul, indagava da genial Simões:

— V. Ex. andava à cata do ladrão naquele dia em que a encontrei no corredor?

— Não; ainda não sabia. Tive apenas um pressentimento. Acho que deviam prender o homem.



— Mas não há provas! — exclamava Mme. de Santarém. — Não encontraram nada! Era esperto. No dia em que desapareceu o meu *face à main*, não saí do quarto.

— Roubos excepcionais...

— Estamos no domínio dos ladrões geniais. Precisamos de um grande agente dedutivo para resolver o crime...

— E prender o Antônio copeiro? Ora, para ladrões desse gênero basta a nossa polícia!

Aliás, o tal Antônio gatuno parecia mais um doente. O homem afinal não tirara nunca dinheiro, e as argolas de guardanapos do hotel eram lastimáveis como valores. Mas, fosse gatuno genial ou doente, Antônio partira e a confiança renascia. Passamos assim uma semana e, com grande pasmo nosso, Mme. de Santarém e a atriz Zulmira Simões, no mesmo dia, à mesma hora, encontraram em cima do lavatório, uma o seu *face à main*, outra o seu berloque.

— É uma aventura! É um caso de diabolismo! — sentenciava o negociante tuberculoso.

O hotel convulsionava-se. Só o senador Gomes resmungou.

— Que besta!

E aquela frase dita tristemente preocupou-me. No fundo, porém, o sujo e ilustre homem tinha razão. O gatuno, ou o *sportsman* da ladroeira não era Antônio, era outro, existia, anunciava a sua presença, estava ali, ao nosso lado. Audácia? Loucura? Estupidez? No dia seguinte deu-se por falta do colar de ouro com pedras finas da atriz Simões, os brincos da mulher do tuberculoso sumiram-se. Foi o terror. Os hóspedes trancavam o quarto e saíam levando os valores no bolso, mesmo para almoçar. A limpeza era feita na presença dos respectivos locatários. Já ninguém se falava direito, já ninguém conversava. Havia entre nós um ladrão. Um ladrão! O medo prendia as senhoras aos quartos. Ninguém saía sem necessidade urgente, com receio de ser apontado pelo menos um segundo, como o fora o Antônio. Éramos os forçados daqueles crimes; tínhamos que chegar à tragédia. O gerente, lívido, armava uma polícia interna ferocíssima; os criados serviam, coitados!, com uma humildade dolorosa, temendo a suspeita, o ex-vice-presidente da ex-missão do México teimava em escrever ao chefe de polícia, em varejar os quartos.



— Pelo amor de Deus! — gemia o proprietário.

— É outra tolice — acrescentava Gomes. — Nós temos aqui gente respeitável.

— Pois está claro! — dizia logo Mme. de Santarém, divorciada pela quarta vez.

E apesar da vigilância, continuarem a desaparecer objetos. Não era possível! Ou sair, ou dar queixa à polícia.

Uma vez encontrei na cidade Melchior e Pontes, acompanhando Mme. de Santarém a uma confeitaria. Eram duas horas da tarde. Voltei à pensão. Por uma coincidência, morava no mesmo corredor que essas três pessoas, mesmo pegado ao senador Gomes. Estava a despir-me, quando senti passos abafados. Abri a porta devagar. Era o alegre e sempre espirituoso Pontes. Vinha para o seu quarto. Mas não. Parou no quarto de Mme. de Santarém, experimentou uma chave, torceu, entrou. Oh! A imoralidade dos hotéis honestos! O felizardo ia gozar as delícias de um *aprés-midi* amoroso com a honestíssima senhora! Pouco depois, porém, ouvi um leve rumor, espiei de novo. Era Pontes, com o ar mais natural, que fechava o quarto e andava ligeiro. Quis fazer-lhe uma pilhéria, gritar — ah, maganão! ou outra parvoíce qualquer —, porque eu sou de natural pândego. Mas deixei para o jantar, recolhi. E no jantar Mme. de Santarém, que chegara momentos antes, apareceu transmudada: tinham-lhe roubado o broche de rubis.

Estávamos todos no salão e sustiveram-se todos num pasmo raivoso, quando a gentil senhora bradou:

— Acabam de roubar o meu broche de rubis! Mais um!

Os meus olhos cravaram-se no Dr. Pontes. Tinha o mesmo pasmo dos outros, o mesmo ar, o mesmo olhar.

Uma ideia atravessou-me o espírito. Era ele o gatuno! Não havia dúvida. Era agarrá-lo ali, logo... Mas se fosse apenas o amante? Afinal era um homem que devia respeitar a família e o tio! As provas eram contra ele, absolutamente contra. No hotel ninguém poderia se lembrar de sair depois daqueles roubos. A situação precisava ficar clara. Eu cometeria um escândalo, diria ali que o vira entrar no quarto de Mme. de Santarém e as explicações viriam depois.

Ia falar, ia contar tudo, quando senti que pesavam em mim os dois olhos do senador Gomes, enquanto este, balançando a cabeça, balançando a faca entre os dedos, parecia por todos os modos pedir-me para não dizer nada. Gomes sabia! Desde o dia em que falara do meu alfinete! Contive-me. Mesmo porque entravam a Pepita, mais o seu cachorro, ambos desesperados com o desaparecimento de um anel *marquise*, admirável, segundo a opinião da estrela.

O engenheiro Pereira ergueu-se.

— Gerente! Não fico mais um dia no seu hotel. A situação é delicada para o primeiro que sair do ergástulo[110], mas eu arrosto-a. Tenho família, tenho uma esposa nervosa e tenho valores. Sou o engenheiro Salústio Pereira. As minhas malas passam pelo seu balcão, para o exame. Tire-me a conta...

O diplomata, que, entretanto, devia cinco semanas, teve um esforço:

— Eu também saio.

Os outros ficaram quietos, incapazes, mas com grande admiração minha, o Dr. Pontes falou:

— Vivemos nesta aflição já há algum tempo. Há um gatuno aqui, ou um gatuno de fora que possui a chave.

— É isso, a chave… — atalhei eu.

— Mas apesar do mútuo respeito que nos devemos, a desconfiança existe. Ora, eu já pensei mal de meu tio. Proponho, pois, que ao sair daqui, façamos uma passeata pelo hotel, entrando e varejando todos os quartos. Serve?

Eu tinha acabado de sorver o café e admirei Pontes: ou um gatuno esplêndido ou um inocente. Em compensação, o senador Gomes olhava a porta absolutamente pálido. Que se iria passar?

— Serve? — tornou a dizer Pontes.



— Mas está claro — fez o Gomes. — Partimos todos para a passeata lá da entrada. É o meio alegre de acabar com uma pressão séria.

— Apoiado! Este Pontes sempre o mesmo!

Mas Gomes erguia-se no rumor das exclamações. Ergui-me, alcancei-o no corredor.

Estávamos sós. Sussurrei-lhe:

— O gatuno é ele. Vi-o entrar no quarto da Santarém…

— Não é.

— Então quem é?

— Não sei.

— É impossível negar mais tempo. Ou o senhor diz-me ou eu explico tudo em público. Só o muito respeito…

Gomes teve um gesto alucinado, junto à escada que dava para os aposentos superiores.

— Nada de palavras inúteis. Jura segredo?

— É um crime.

— Jura?

— Juro.

— Pois salvemos uma pobre mulher, salvemos uma desvairada, meu amigo, salve-mo-la! Não pergunte por quê. Amo-a como pai, como amante, como quiser.

"É ela que rouba, é ela. Não há meio de impedir. Vou mandá--la embora e ao mesmo tempo tremo de vê-la no cárcere. É louca. Neste momento mesmo estamos à mercê da sorte e do disparate do Pontes, a quem eu devia odiar. Mas vamos salvá-la. É preciso salvá-la. Tudo será restituído. Já tenho feito isso. Psiu! Esconda-se, esconda-se. Aí, debaixo da escada. Não a veja, não a veja..."

Alguém descia a escada sutilmente. Escondi-me com o coração batendo, enquanto Gomes amparava-se ao corrimão. O silêncio parecia aumentar a vastidão da escada. A voz do Gomes indagou:

— Tudo?

— Sim, meu medroso, sim, eu tinha tudo junto. Toma. E agora, até...

O vulto passou para o saguão de entrada. Da sala de jantar vinham vindo os hóspedes, excitados com aquela investigação policial aos quartos. Trêmulo, lívido, Gomes meteu-me na mão um embrulho, enquanto empurrava nas vastas algibeiras da sobrecasaca e da calça outros pequenos rolos, a dizer:



— Amanhã, restituiremos pelo correio, amanhã saem muitos. Sê bom, salva-a!

Era atroz, era trágico, era ridículo ver aquele homem ilustre e honesto a guardar os roubos de uma cleptômana satânica e era estúpido o que eu fazia! Mas irresistível.

Fosse quem fosse essa gatuna inteligente, era de uma ousadia, de um plano, de uma afliteza, de um egoísmo diabolicamente esplendidos. Estiquei o pescoço na ânsia da curiosidade, a saber quem era, a ver quem podia ser no hotel tão cheio de hóspedes, aquela de que me fazia cúmplice, aquela que misteriosamente, impalpavelmente, durante um mês, trouxera ao hotel atmosfera de dúvida, de crime, de infâmia. E, contendo um grito de pasmo, vi Mme. de Santarém entrar no saguão sorridente e calma.

# O monstro

— Ah! Eu sou um monstro!

— Palavra?

— E um monstro, meus amigos, que pode confessar os seus apetites sem correr o risco de poder contemplar o mundo através das grades de um cárcere. Eu sou um infame.



Ditas estas palavras, Luciano de Barros estendeu-se, desalentado, no divã e soprou para o ar o fumo do charuto. Era depois de jantar e nós estávamos em casa de Lauriana de Araújo, uma das mais elegantes raparigas, de uma vaga semissociedade em falha, sustentada por um velho banqueiro de tavolagens e com grandes pretensões a mulher de espírito e à literatura. Os jantares eram sempre excelentes; o *maitre d'hôtel* irrepreensível, os serviços lindos, e bem se podia notar naquele ambiente, onde o velho banqueiro tinha o bom gosto de não aparecer, que Lauriana de Araújo sabia escolher com arte uma roda de homens citável. Havia nomes da Academia, nomes da alta elegância, o creme das duas casas do Parlamento, e sempre as altas figuras em trânsito propagador. Naquela casa de jantar cor de morango com frisos de faiança representando a glória de Pomona[111] já tinham estado um embaixador severo e um quase presidente de grande república europeia. Ao acabar os jantares, Lauriana, sempre de rendas brancas, como envolta em espumas, acendia um cigarro e palestrava. Os homens recostavam-se nos divãs e posavam. De vez em quando se tocava piano. Quase sempre, entretanto, na varanda guarnecida de jasmins, ouvia-se um séptuor[112] de instrumentos de cordas. Era perfeitamente agradável. Ninguém ignorava que a anfitriã amável realizara já uma grande fortuna e que sabia, como ninguém, liquidar em seu proveito o dinheiro alheio sem estrépitos escandalosos. Só como amante de um ministro, obtendo concessões entre beijos, no espaço de três meses arranjara quinhentos contos.

— Farsista! Tu, infame? Tu não passas de um ingênuo... — Era o conselheiro Andrade, conhecido por quarenta anos de ceias consecutivas, desde o remoto *Rocher de Cancale* até os desvairamentos dos *cercles* atuais.

— Eu, ingênuo?

— Pois, então? Um infame nunca diz que o é.

— Conforme.

— Afinal — intervinha Lauriana —, o Luciano disse que era um monstro quando eu perguntava como compreendia o amor. O Luciano é sempre bizarro. Vai dizer para aí alguma barbaridade e liquida a infâmia.



— É impossível, minha amiga. Por que sou eu o dedicado servidor, e servidor sem interesse, de todas as mulheres? Nunca ninguém me perguntou. E, entretanto, é apenas por um permanente e cruciante remorso. Tenho trinta e dois anos, um físico menos mau, visto discretamente, sou mais inteligente do que o vulgar e tenho algum dinheiro. Para vocês, nada mais banal. Com esses elementos congregados, porém, e com uma alma incapaz de amar e de se dedicar senão à variedade, consigo numa sociedade moderna ser simplesmente o monstro. Como? Ora, como! Fazendo-me amar...

Um prolongado riso correu pelo salão de fumar. O deputado Almerindo quase engasga, o conselheiro Andrade ergueu as mãos ao teto e o célebre poeta acadêmico Clodomir rebolou positivamente no divã. Luciano continuou tranquilo:

— É preciso partir do princípio que toda a mulher ama. Apenas, porém, ama ingenuamente e deixa-se seduzir, deixa-se amar amando absolutamente uma vez na vida: a primeira. As outras paixões são o resultado do cálculo, do egoísmo, da satisfação dos desejos. É ela a sedutora e seja para o bem ou para o mal, para elevar o homem ou para perdê-lo, para sofrer-lhe as pancadas ou fazer-lhe da vida um rosário de beijos, o seu papel moral é sempre o ativo.

— Estás a lançar paradoxos.

— Estou a dizer coisas velhas. Mas o ambiente, o meio, conseguem também matar o primeiro sentimento. O amor é um perfume sutil... Uma pequena de sociedade elevada, mais ou menos culta, sabendo que há de casar com alguém da sua roda, talvez não ame nunca. Uma rapariga atirada desde cedo ao torvelinho dos bailes, das festas e dos flertes é uma lutadora prestes a devorar o seu marido próximo. E mesmo as moças de família modesta, desde cedo obrigadas a uma profissão e ao exercício de encontrar um esposo, entregando-se aos maiores excessos de permissão aos namorados, quase sempre fatais, não sentem o amor...

— O amor morreu.



— O amor é eterno, mas nem todos o podem ver, através da perversão do flerte ou das luxúrias perdidas. E a minha imensa monstruosidade está exatamente em procurar o amor, gozar esse perfume e perdê-lo. É, talvez, muito vago o que estou a dizer, mas é horrível. Ando por todos esses clubes e aborreço as mulheres que arrastam vestidos de contos de réis; percorro os bailes e os *rahuts* com medo das *flirteuses*; frequento as caixas[113] de teatro e em cada mulher que se pende para mim, sinto a falsificação. Que fazer? Percorrer os meios humildes, e descobrir, pobrezitas e sem nada, as crianças que ainda não amaram. Imaginem vocês um homem com todos os instintos de perversão da nossa roda como facilmente pode empolgar uma alma ingênua, seduzida apenas pelo exterior.

"Dizem que nas grandes cidades não há o tipo ingênuo, a inocência... A inocência é uma propriedade, uma qualidade que passa, mas existe em toda a parte. Nas classes mais pobres, nos meios mais miseráveis é que se encontra mais a flor da inocência, exposta ao vendaval e guardando o perfume, por um prodígio. Desfolhar essa flor, violentamente, como um sátiro; não é crime — é instinto.

Gozá-la naturalmente sem a intenção senão de a gozar — é a natureza. Cercá-la, prendê-la, ir aos poucos aspirando-a, desfolhando pétala por pétala, com refinamento, intenção dupla, consciente e ferozmente — é que é monstruoso. E vocês não sabem, não podem imaginar a fúria de caçador que eu desenvolvo para as encontrar, vocês não concebem o gozo meu ao prelibar a volúpia de um beijo de virgem, um beijo sugado na boca ainda não beijada...

"Eu vou, eu passo, eu cumprimento. No dia seguinte torno a passar. Três dias depois, mando-lhe uma recordação. Tudo é tão simples com os pobres! Dentro em pouco a criaturinha sente-se envolvida numa atmosfera de cuidados e de delicadezas. A princípio é apenas a vaidade. Um homem tão bem vestido, tão distinto, tão fino, que podia ser amado por lindas mulheres da sua ordem... Depois o orgulho, a sensação de que é melhor do que as outras por ter sido a preferida — orgulho que se perfuma de gratidão, uma vaga, muito vaga sensibilidade. Em seguida, a alegria da intimidade de um ente que não a ralha, que lhe reflete em admirações como um espelho simpático todas as pequenas belezas da sua beleza. Mas, ainda assim, não é amor, é brincadeira, uma brincadeira agradável, o namoro — o namoro que está para o flerte como a pureza de uma água pura para a falsificação de um vinho mau. Eu persisto, então, continuo, prolongo a grande cena. E, de repente, a criança sente o ciúme, um doce e ingênuo ciúme que tem zelos até do inanimado, anseia, treme, e ri e chora sem saber por quê, toda ela possuída do perpétuo mal da vida. Então, eu sinto no intuito uma alegria infernal. É o meu esporte, o meu exercício, o meu prazer de homem da cidade. As regras são infalíveis como para todos os jogos, e a vitória sorri-me. Tenho satisfeito o meu desejo?



"Não! Ao contrário. É o grande momento, o momento do iniciador. As carícias na mão, puxando essa mão que resiste instintivamente e treme, as carícias nos braços, os contatos fugazes que indicam tudo, um beijo nos cabelos, outro longo, guloso, mordido, na nuca... Gozar as gradações do reconhecimento do gozo, a face que enrubesce, o calor da pele, os olhos que enlanguescem e de repente se dilatam como ao reflexo de um clarão, as frases curtas de negativas... É a fascinação inebriante. Toda a minha tática, entretanto, se faz em torno do que a inocência mais custa a dar: a boca. Eu tenho a nevrose das bocas. Há algumas muito vermelhas. Há outras de um róseo peludo. O movimento da língua passando pelos lábios dá-me crises desesperadas, e certas criaturas quando riem me sugerem auroras em que eu desejo estancar toda a sede de uma noite em claro, que é a minha vida. Às vezes, o beijo rogado vem de súbito. De outras, a princípio é um leve roçar de lábios, depois uma pressão mais longa, enfim, a absorção, a loucura num ambiente em que mesmo de olhos abertos vejo, sinto, cheiro, ouço toda uma sinfonia rósea dos sentidos..."

Na roda, os cavalheiros pareciam um pouco nervosos, e Lauriana batia o leque de sândalo.

O conselheiro Andrade, o menos excitado, exclamou, de olhos em alvo:

— Caramba! É uma doença cerebral...

Luciano, de olhos cerrados, parecia em êxtase.

Então, o poeta indagou:



— E que fazes depois?

— Que faço? Aqui tens tu o meu horror. Fico com um grande dó da criança, acaricio-a ainda mais, envolvo-a na jura de um amor infinito, chorando a frieza do meu coração incapaz de amar uma só criatura mais de seis meses. E é o mês dos sofrimentos, em que a vida se me faz dilema: ou casas com essa rapariga para abandoná-la ou, se a levas contigo sem o casamento, cometes o crime ainda maior de perder-lhe a honra. Então, no silêncio do quarto, pensando nela, vendo-a a todo o instante, soluço, choro, deploro-me, escorcho a alma com a violenta ideia de achar um pretexto para não perdê-la. O amor, porém, o amor verdadeiro é um breve perfume da virgindade. É senti-lo e é partir. Eu me debato, mas para que serve? Algumas desvairadas têm vindo até o desenlace e estão por aí. Outras eu perco de vista, aos poucos, porque mais adiante outras parecem-me ainda em botão.

— Não é muito bonito, mas nada tem de ofensivo.

— Achas?

— Há quarenta anos, sem psicologias malsãs, serias apenas um bandoleiro. Agora, com essa mania de análise das próprias sensações, é que te julgas um monstro.

Luciano de Barros deitou fora o charuto que se lhe apagara entre os dedos.

— Infelizmente, nós somos levianos, nós os homens, em tomo desse grave e doloroso sentimento. Que sou eu? Um homem que borboleteia a sua perversão pelos botões entreabertos da vida. Até é bonito! E quem uma vez sentiu a delícia deliciosa de uma boca virgem que se entrega pela primeira vez, deve ter de mim inveja. Mas, se eu me sinto infame? Ainda agora venho de um caso assim. Era uma pequena de quinze anos, alegre como um pássaro. O seu riso lembrava um chilreio e a sua boca cheirava à rosa. Três meses depois, sincera, nobre, pura, ela amava, amava sem interesse, apesar de paupérrima, sem nunca ter recebido uma dádiva que não fosse inteiramente inútil. Dera-lhe o meu nome, mas ignorava o que eu era, onde morava, qual o meu modo de vida. Amava como se ama aos quinze anos, cegamente, e eu tinha essa sensação meio triste, meio ridícula de me saber amado com um encanto de sonho. Que era ela? Um personagem de conto. Que era eu? O príncipe... A crise do amor na estufa preparada por mim floriu. Talvez eu mesmo estivesse mais apaixonado do que parecia. Propus-lhe a fuga, o rapto. Resistiu com o seu fundo honesto, tanto que lhe propus casamento. Ela sorriu entre lágrimas, erguendo os dois grandes olhos negros. "Não sabes o que dizes! Somos de condições tão diferentes! Isso é impossível." "Mas, então, que queres?" "Nada, não quero nada, coisa nenhuma." Eu voltei, continuei a vê-la, mas insensivelmente, a minha lamentável alma sentia a necessidade do afastamento, querendo conservá-la. Ela continuava tal qual, iluminando o semblante quando me via. Certa vez disse-me: "Às vezes quase não tenho coragem de voltar à casa, com medo de me matar." "Vem comigo, então." "Não. Já hoje chorei tanto..." Eu gozava aquele martírio por minha causa, aquela inocência perturbada pela minha figura... Há quinze dias não a vi à janela. Passei no outro dia, e interroguei a vizinhança. Tinham-na levado os padrinhos por causa de umas crises de choro que a definhavam. E eu estou na agonia, a pensar nessa criatura pura e doce.

— D. João[114], sossega! Hás de ver a pequena casada, como as outras.

— Ou perdida — sentenciou, grave, Lauriana.

Luciano ergueu-se, consertando a gravata branca.

— Ou talvez morta, porque já tem acontecido...

Então, a linda Lauriana sorriu com infinita tristeza.

— Mas não te julgues, com esse exagero de análise e de pretensão, o único monstro, meu caro amigo. A cidade está cheia desses defloradores do amor. A vida é uma luta de sexos. Há criaturinhas que morrem ceifadas em botão, depois de levemente aspiradas pelos intelectuais gastos como tu. Há outras, porém, que resistem e ficam como eu.

Houve um prolongado silêncio. Ninguém rira. E, só, Luciano de Barros, muito pálido, diante de um grande espelho, parecia pasmo da própria fisionomia. Fora, o séptuor tocava uma valsa lenta, entre os jasmins.

# O bebê de tarlatana rosa

Oh! Uma história de máscaras! Quem não a tem na sua vida? O carnaval só é interessante porque nos dá essa sensação de angustioso imprevisto... Francamente. Toda a gente tem a sua história de carnaval, deliciosa ou macabra, álgida ou cheia de luxúrias atrozes. Um carnaval sem aventuras não é carnaval. Eu mesmo este ano tive uma aventura...



E Heitor de Alencar esticava-se preguiçosamente no divã, gozando a nossa curiosidade.

Havia no gabinete o barão Belfort, Anatólio de Azambuja, de quem as mulheres tinham tanta implicância, Maria de Flor, a extravagante boêmia, e todos ardiam por saber a aventura de Heitor. O silêncio tombou expectante. Heitor, fumando um *gianaclis*[115] autêntico, parecia absorto.

— É uma aventura alegre? — indagou Maria.

— Conforme os temperamentos.

— Suja?

— Pavorosa ao menos.

— De dia?

— Não. Pela madrugada.

— Mas, homem de Deus, conta! — suplicava Anatólio. — Olha que está adoecendo a Maria.

Heitor puxou um largo trago à cigarreta.

— Não há quem não saia no Carnaval disposto ao excesso, disposto aos transportes da carne e às maiores extravagâncias. O desejo, quase doentio, é como incutido, infiltrado pelo ambiente. Tudo respira luxúria, tudo tem da ânsia e do espasmo, e nesses quatro dias paranoicos, de pulos, de guinchos, de confianças ilimitadas, tudo é possível. Não há quem se contente com uma…

— Nem com um — atalhou Anatólio.

— Os sorrisos são ofertas, os olhos suplicam, as gargalhadas passam como arrepios de urtiga pelo ar. É possível que muita gente consiga ser indiferente. Eu sinto tudo isso. E saindo, à noite, para a porneia da cidade, saio como na Fenícia saíam os navegadores para a procissão da primavera, ou os alexandrinos para a noite de Afrodite[116].



— Muito bonito! — ciciou Maria de Flor.

— Está claro que este ano organizei uma partida com quatro ou cinco atrizes e quatro ou cinco companheiros. Não me sentia com coragem de ficar só como um trapo no vagalhão de volúpia e de prazer da cidade. O grupo era o meu salva-vidas. No primeiro dia, no sábado, andamos de automóvel a percorrer os bailes. Íamos indistintamente beber champanhe aos clubes de jogo que anunciavam bailes e aos maxixes mais ordinários. Era divertidíssimo e ao quinto clube estávamos de todo excitados. Foi quando lembrei uma visita ao baile público do Recreio. "Nossa Senhora!", disse a primeira estrela de revistas, que ia conosco. "Mas é horrível! Gente ordinária, marinheiros à paisana, fúfias[117] dos pedaços mais esconsos da rua de S. Jorge[118], um cheiro atroz, rolos constantes…" "Que tem isso? Não vamos juntos?"

"Com efeito. Íamos juntos e fantasiadas as mulheres. Não havia o que temer e a gente conseguia realizar o maior desejo: acanalhar-se, enlamear-se bem. Naturalmente fomos e era uma desolação com pretas beiçudas e desdentadas esparrimando belbutinas[119] fedorentas pelo estrado da banda militar, todo o pessoal de azeiteiros das ruelas lôbregas e essas estranhas figuras de larvas diabólicas, de íncubos[120] em frascos de álcool, que tem as perdidas de certas ruas, moças, mas com os traços como amassados e todas pálidas, pálidas feitas de pasta de mata-borrão e de papel de arroz. Não havia nada de novo. Apenas, como o grupo parara diante dos dançarinos, eu senti que se roçava em mim, gordinho e apetecível, um bebê de tarlatana[121] rosa. Olhei-lhe as pernas de meia curta. Bonitas. Verifiquei os braços, o caído das espáduas, a curva do seio. Bem agradável. Quanto ao rosto era um rostinho atrevido, com dois olhos perversos e uma boca polpuda como se ofertando. Só postiço trazia o nariz, um nariz tão bem-feito, tão acertado, que foi preciso observar para verificá-lo falso. Não tive dúvida. Passei a mão e preguei-lhe um beliscão. O bebê caiu mais e disse num suspiro: 'ai que dói!' Estão vocês a ver que eu fiquei imediatamente disposto a fugir do grupo. Mas comigo iam cinco ou seis damas elegantes capazes de se debochar, mas de não perdoar os excessos alheios, e era sem linha correr assim, abandonando-as, atrás de uma frequentadora dos bailes do Recreio. Voltamos para os automóveis e fomos cear no clube mais chique e mais secante[122] da cidade.



— E o bebê?

— O bebê ficou. Mas no domingo, em plena avenida, indo eu ao lado do *chauffeur*, no borborinho colossal, senti um beliscão na perna e uma voz rouca dizer: "Para pagar o de ontem". Olhei. Era o bebê rosa, sorrindo, com o nariz postiço, aquele nariz tão bem-feito. Ainda tive tempo de indagar: "Aonde vais hoje?" "A toda parte!", respondeu, perdendo-se num grupo tumultuoso.

— Estava perseguindo-te! — comentou Maria de Flor.

— Talvez fosse um homem… — soprou desconfiado o amável Anatólio.

— Não interrompam o Heitor! — fez o barão, estendendo a mão.

Heitor acendeu outro *gianaclis*, ponta de ouro, sorriu, continuou:

— Não o vi mais nessa noite, e segunda-feira não o vi também. Na terça desliguei-me do grupo e caí no mar alto da depravação, só, com uma roupa leve por cima da pele, todos os maus instintos fustigados. De resto a cidade inteira estava assim. É o momento em que por trás das máscaras as meninas confessam paixões aos rapazes, é o instante em que as ligações mais secretas transparecem, em que a virgindade é dúbia e todos nós a achamos inútil, a honra uma caceteação, o bom senso uma fadiga. Nesse momento tudo é possível, os maiores absurdos, os maiores crimes; nesse momento há um riso que galvaniza[123] os sentidos e o beijo se desata naturalmente.

"Eu estava trepidante, com uma ânsia de acanalhar-me quase mórbida. Nada de raparigas do galarim perfumadas e por demais conhecidas, nada do contato familiar, mas o deboche anônimo, o deboche ritual de chegar, pegar, acabar, continuar. Era ignóbil. Felizmente muita gente sofre do mesmo mal no carnaval."

— A quem o dizes!... — suspirou Maria de Flor.

— Mas eu estava sem sorte, com a *guigne*, com o caiporismo dos defuntos índios. Era aproximar-me, era ver fugir a presa projetada. Depois de uma dessas caçadas pelas avenidas e pelas praças, embarafustei pelo S. Pedro, meti-me nas danças, rocei-me àquela gente em geral pouco limpa, insisti aqui, ali. Nada!



— É quando se fica mais nervoso!

— Exatamente. Fiquei nervoso até o fim do baile, vi sair toda a gente, e saí mais desesperado. Eram três horas da manhã. O movimento das ruas abrandara. Os outros bailes já tinham acabado. As praças, horas antes incendiadas pelos projetores elétricos e as cambiantes enfurnadas dos fogos de bengala, caíam em sombras — sombras cúmplices da madrugada urbana. E só, indicando a folia, a excitação da cidade, um ou outro carro arriado levando máscaras aos beijos ou alguma fantasia tilintando guizos pelas calçadas fofas de *confetti*. Oh! A impressão enervante dessas figuras irreais na semissombra das horas mortas, roçando as calçadas, tilintando aqui, ali um som perdido de guizo! Parece qualquer coisa de impalpável, de vago, de enorme, emergindo da treva aos pedaços... E os dominós embuçados, as dançarinas amarfanhadas, a coleção indecisa dos máscaras de último instante arrastando-se extenuados! Dei para andar pelo largo do Rocio e ia caminhando para os lados da secretaria do interior, quando vi, parado, o bebê de tarlatana rosa.

"Era ele! Senti palpitar-me o coração. Parei.

"'Os bons amigos sempre se encontram', disse. O bebê sorriu sem dizer palavra. 'Estás esperando alguém?' Fez um gesto com a cabeça que não. Enlacei-o. 'Vens comigo?' 'Onde?', indagou a sua voz áspera e rouca. 'Onde quiseres!' Peguei-lhe nas mãos. Estavam úmidas, mas eram bem tratadas. Procurei dar-lhe um beijo. Ela recuou. Os meus lábios tocaram apenas a ponta fria do seu nariz. Fiquei louco.

— Por pouco...

— Não era preciso mais no Carnaval, tanto mais quanto ela dizia com a sua voz arfante e lúbrica: "Aqui não!" Passei-lhe o braço pela cintura e fomos andando sem dar palavra. Ela apoiava-se em mim, mas era quem dirigia o passeio e os seus olhos molhados pareciam fruir todo o bestial desejo que os meus diziam. Nessas fases do amor não se conversa. Não trocamos uma frase. Eu sentia a arritmia desordenada do meu coração e o sangue em desespero. Que mulher! Que vibração! Tínhamos voltado ao jardim. Diante da entrada que fica fronteira à rua Leopoldina, ela parou, hesitou. Depois arrastou-me, atravessou a praça, metemo-nos pela rua, escura e sem luz. Ao fundo, o edifício das Belas Artes era desolador e lúgubre. Apertei-a mais. Ela aconchegou-se mais. Como os seus olhos brilhavam! Atravessamos a rua Luiz de Camões, ficamos bem embaixo das sombras espessas do Conservatório de Música. Era enorme o silêncio e o ambiente tinha uma cor vagamente russa com a treva espancada um pouco pela luz dos combustores distantes. O meu bebê gordinho e rosa parecia um esquecimento do vício naquela austeridade da noite. "Então, vamos?", indaguei. "Para onde?" "Para a tua casa." "Ah! Não, em casa não podes..." "Então por aí." "Entrar, sair, despir-me. Não sou disso!" "Que queres tu, filha? É impossível ficar aqui na rua. Daqui a minutos passa a guarda." "Que tem?" "Não é possível que nos julguem aqui para bom fim, na madrugada de cinzas. Depois, às quatro tens que tirar a máscara." "Que máscara?" "O nariz." "Ah! Sim!" E sem mais dizer puxou-me. Abracei-a. Beijei-lhe os braços, beijei-lhe o colo, beijei-lhe o pescoço. Gulosamente a sua boca se oferecia. Em torno de nós o mundo era qualquer coisa de opaco e de indeciso. Sorvi-lhe o lábio.

"Mas o meu nariz sentiu o contato do nariz postiço dela, um nariz com cheiro a resina, um nariz que fazia mal. 'Tira o nariz!' Ela segredou: 'Não! Não! Custa tanto a colocar!' Procurei não tocar no nariz tão frio naquela carne de chama.

"O pedaço de papelão, porém, avultava, parecia crescer, e eu sentia um mal-estar curioso, um estado de inibição esquisito. 'Que diabo! Não vás agora para casa com isso! Depois, não te disfarça nada.' 'Disfarça sim!' 'Não!' Procurei-lhe nos cabelos o cordão. Não tinha. Mas abraçando-me, beijando-me, o bebê de tarlatana rosa parecia uma possessa tendo pressa. De novo os seus lábios aproximaram-se da minha boca. Entreguei-me. O nariz roçava o meu, o nariz que não era dela, o nariz de fantasia. Então, sem poder resistir, fui aproximando a mão, aproximando, enquanto com a esquerda a enlaçava mais, e de chofre agarrei o papelão, arranquei-o. Presa dos meus lábios, com dois olhos que a cólera e o pavor pareciam fundir, eu tinha uma cabeça estranha, uma cabeça sem nariz, com dois buracos sangrentos atulhados de algodão, uma cabeça que era alucinadamente —uma caveira com carne…



"Despeguei-a, recuei num imenso vômito de mim mesmo. Todo eu tremia de horror, de nojo. O bebê de tarlatana rosa emborcara no chão com a caveira voltada para mim, num choro que lhe arregaçava o beiço mostrando singularmente abaixo do buraco do nariz os dentes alvos. 'Perdoa! Perdoa! Não me batas. A culpa não é minha! Só no Carnaval é que eu posso gozar. Então, aproveito, ouviste? Aproveito. Foste tu que quiseste…'

"Sacudi-a com fúria, a pus de pé num safanão que a devia ter desarticulado. Uma vontade de cuspir, de lançar, apertava-me a glote, e vinha-me o imperioso desejo de esmurrar aquele nariz, de quebrar aqueles dentes, de matar aquele atroz reverso da luxúria… Mas um apito trilou. O guarda estava na esquina e olhava-nos, reparando naquela cena da semitreva. Que fazer? Levar a caveira ao posto policial? Dizer a todo mundo que a beijara? Não resisti. Afastei-me, apressei o passo e ao chegar ao largo inconscientemente deitei a correr como um louco para a casa, o queixo batendo, ardendo em febre.

"Quando parei à porta de casa para tirar a chave, é que reparei que a minha mão direita apertava uma pasta oleosa e sangrenta. Era o nariz do bebê de tarlatana rosa..."

Heitor de Alencar parou, com o cigarro entre os dedos, apagado. Maria de Flor mostrava uma contração de horror na face e o doce Anatólio parecia mal. O próprio narrador tinha a lhe camarinhar a fronte gotas de suor. Houve um silêncio agoniento. Afinal o barão Belfort ergueu-se, tocou a campainha para que o criado trouxesse refrigerantes, e resumiu:

— Uma aventura, meus amigos, uma bela aventura. Quem não tem do carnaval a sua aventura? Esta é pelo menos empolgante.

E foi sentar-se ao piano.

# A parada da ilusão

*A João de Barros*



Como tinha sido aquilo! Diante do espelho, a dar um laço frouxo no lenço de seda, Geraldo sorria o sorriso satisfeito e vagamente mau que têm todos os homens quando recordam uma aventura em que foram os mais espertos. Como tinha sido!... O acaso, apenas o acaso. Pobre, sem pretensões, alugara por uma ninharia aquele casinhoto do morro, bem na rua de Santa Luzia, defronte do mar. O mar é um fornecedor de energia. Contemplar as ondas, aspirar o ar infiltrado de salsugem fazia-lhe bem. Depois, acordava cedo, quase de madrugada, e como a vizinhança era quase toda de pescadores, de banhistas, de jovens dos centros de regatas, ia mesmo de camisa de meia, com os pés nus metidos nuns enormes tamancos, ao estabelecimento balneário. Quem o visse grosso, forte, o bigode espesso, a negra cabeleira ondeante, o braço cabeludo, não o diria jamais um estudante de medicina. Havia no seu olhar qualquer coisa dos barqueiros de Nápoles, do langor das serenatas, e na alegria do semblante, na gesticulação, o ar da raça, o ar que não falha. Basta olhar um homem para se sentir donde ele veio. Geraldo começara humilde, de origem italiana. De trabalho em trabalho fizera-se afinal acadêmico, graças à pertinácia da sua inteligência. Mas por mais querido que fosse entre os colegas, era uma delícia para a sua alma ir arrastar as pernas pela madrugada nos corredores da casa de banhos, quase nu, a conversar em napolitano com os banhistas, os tradicionais banhistas há vinte anos os mesmos.

Era tão bom, tão bizarro! A princípio, postava-se no pátio, junto da barraca do gerente, escura de roupas em trouxas, com um quadro das chaves e o bico de gás aceso. Era a chegada dos frequentadores. Havia mulheres pálidas, mães de família, acompanhadas de crianças e de criadas, verdadeiros regimentos de cloróticos[124]; havia sujeitos de passo trôpego, reumáticos, beribéricos[125], talvez tísicos; havia os habituais, senhores respeitáveis, burgueses de ar solene, que tomavam banho de mar desde crianças, aconselhando para todas as moléstias um mergulho no salso elemento; e sujeitos que vinham especialmente para a pândega, as lições de natação, os namoros com apertões debaixo da água, as meninas assanhadas, as cocotes, as cocotes de uma palidez mortal àquela hora... E havia também muita mulher chique, muita mulher de estalo, que os mirones da praia até olhavam de binóculo.



Mas Geraldo não tinha pretensões a conquistas, e aquele espreguiçamento na casa de banhos era apenas uma tonificação para o estudo, que recomeçava horas mais tarde, com o curso dos hospitais, as aulas, os livros. Depois de descansar na gerência ia a trocar palavras com os banhistas, rindo, brincando. Afinal se atirava à água, no meio da algazarra dos conquistadores e das pequenas, e sempre tímido, só metido com a gente do serviço. Ninguém o tomaria por um estudante e o próprio pessoal da casa tratava-o familiarmente por tu.

Uma vez, estava no corredor estreito e escuro a conversar com o Nicolau, quando mesmo ao pé abriu-se a porta de um dos quartinhos e uma linda criatura loura chamou:

— O senhor banhista, venha cá.

Nicolau adiantou-se.

— Não, o outro. Sim, você mesmo.

Geraldo sorriu enleado. Tomavam-no por banhista! Ele, um estudante, um acadêmico! Mas, ao mesmo tempo que o fato o humilhava um pouco, sentia um desejo imprevisto e romântico de se deixar passar por banhista e ter assim a sua primeira façanha de estudante. Os estudantes são todos levados da breca! Apertou o braço do Nicolau, disse-lhe em calão de Nápoles que o deixasse, e aproximou-se. A dama loura estava já vestida para o banho.

— Não quero mais aquele banhista velho. Há cinco dias que tomo banho e logo no primeiro pedi-lhe conservar-me o quarto seco. Não há meio. Veja só. Fica você. Quer?

Geraldo curvava-se, sem uma palavra. A dama loura abriu a bolsa de prata, tirou uma nota.

— Tome. Não quer receber? Ora esta! Receba. Para esquentar. Ande lá.



— *Grazzie, signorina...*

— Diga: é italiano?

— *Io sono venuto da Napoli fa tre anni...*

— Ah! Bem. E quantos tem de idade?

— *Vinte e due.*

A dama loura olhou-o profundamente, teve um leve suspiro, e ainda indagou:

— Como se chama?

— Túlio.

— Venha dar-me banho.

Infinitamente alegre com a aventura, Geraldo seguiu para o oceano a dar banho na dama loura, e quando voltou estava a arrebentar de riso. Não é que a mulherzinha o tomava mesmo por banhista? Entretanto, o imprevisto do caso acendia-lhe o desejo de continuar. Sim, continuaria. E falou ao dono da casa de banhos. O homem, um italiano velho, não gostava de patifarias no estabelecimento. Mas, como era para ele, Geraldo, consentia. Os outros riam a perder, um pouco envaidecidos porque, afinal, um estudante era tal qual eles. E Geraldo, que não dissera a coisa na escola por um certo pudor, não faltou mais. Logo cedo lá estava no estabelecimento, de pés nus, calção de meia, camisa aberta. A dama loura chegava sempre às seis e meia.

— Então, Túlio, o meu quarto?

— Pronto, patroa, prontinho.

No fim do quinto dia, ele fazia tão bem o papel de banhista de opereta, que ela lhe disse o nome. Era Alda Pereira, brasileira, do Sul, tinha vinte e sete anos, e um protetor sério, o senador Eleutério, que a tomara depois da separação do marido. Dizia essas coisas naturalmente, aprendendo a nadar.

— Ai! Não me afogues, rapaz. Morrer aos vinte e sete anos...

Ou então:

— Palavra de rio-grandense e de Alda Pereira que aprender a nadar custa!

Ele sorria, queria levá-la para longe.



— Não, que o senador Eleutério pode saber; e eu, meu filho, depois que me separei do meu marido, tenho muito medo do ciúme...

Uma suave intimidade brotava aos poucos daquela hora de banho.

Ele procurava termos vulgares, copiava o rir dos outros, dizia coisas grossas com um ar ingênuo, o seu tom de analfabeto, e ela parecia ter cada dia mais confiança. Já se encostava ao seu ombro, já lhe agarrava o pulso potente de certo modo. Uma vez perguntou-lhe:

— Você, um rapaz inteligente, por que não muda de vida?

— Para que, *signorina*? Aqui vivo, aqui hei de morrer...

— Criança! E não tem aspirações?

— Não, *signorina*!

— Aposto que nem sabe ler?

Ele parou um instante atônito. Estaria ela a brincar, já sabedora de tudo? Seria o caso de avançar e não gozar mais o prazer de ser conquistado. Mas Alda tinha uma expressão de tão velutínea piedade, que não hesitou na farsa.

— É verdade. Nem sei ler.

— Meu Deus! Um rapaz de vinte e dois anos que não sabe ler!

Os seus olhos nesse dia tornaram-se mais úmidos, e ao rebentar de uma onda na ponte ela se deixou positivamente cair no seu largo peito. Não tinha dúvida! A mulher amava-o como certas damas amam os impetuosos adolescentes das classes baixas; a criatura era uma nervosada romântica. Decididamente estava de sorte.

No dia seguinte, à saída, Alda Pereira indagou:

— Ó, Túlio, quereria você aprender a ler?

— A *signorina* paga o professor?

— Ensino eu mesmo.

— Então quero. Onde?

— Vá a minha casa. Logo, à noite, às sete; é a melhor hora.



Ele arranjara um dolmã[126] de brim, um capote comprido; comprara o lenço de seda e um chapéu desabado para aparecer com a cor local. E fora. A dama loura habitava, numa rua transversal à Lapa, uma casa elegante e discreta, com duas criadas apenas. Fizeram-no entrar para uma saleta de estilo moderno, em que os móveis eram incômodos e as paredes tinham mulheres de túnica soprando trombetas. Alda lá estava.

— Entre, Túlio. Nada de acanhamentos. Francine, deixa a porta aberta... Sabe que já lhe comprei o seu livro? Sente-se, menino, sente-se...

Evidentemente, ela estava comovida, com um riso nervoso, as faces coradas. Ele achava aquilo deliciosamente ridículo. Outro qualquer teria avançado; a sua natural timidez, a pretensão de levar a cabo uma fantasia romântica, inibiam-no de um movimento de ataque. E parecia-lhe o cúmulo aprender o alfabeto ensinado por aquela interessante mulher, tal qual nos *vaudevilles* franceses, numa cena de burla. Sentou-se. Ela mostrou-lhe o livro na mesa, aproximando a cadeira do outro lado. E começou a ensinar, com a voz molhada de mistério.

— Que letra é esta?

Geraldo fazia-se inteiramente bronco, curvava-se muito para sentir os louros cabelos dela roçando-lhe ao de leve a fronte. Às vezes as mãos se encontravam. As dela estavam geladas. As dele eram de brasa. Ao fim de uma hora, ela disse num suspiro:

— Bom, vai embora.

Ele quase não podia falar. Curvou-se mais, respirando forte, e ia tocá-la, quando ela chamou:

— Francine, acompanha o Túlio até a porta...

Como saiu ele furioso! A sua vontade foi declarar a verdadeira posição, tomar uma atitude. Mas, para quê? Não teria realizado nada! Não a gozaria! Era uma aventura falha. Nunca! Tivesse que estudar o alfabeto a vida inteira — aquela, ao menos, não lhe escaparia. E, desde a madrugada, foi esperá-la na casa de banhos, apaixonado. Sim, de fato, apaixonado. Ele não estava senão apaixonado. A paixão é quase sempre o desejo de um triunfo, que se imagina de um certo e determinado modo. Há sempre um vencedor na alma de um amante. Ele queria pregar uma peça. Que peça? Enfim, queria confundir a linda mulher de estranha vontade. E Alda Pereira parecia também amá-lo, porque apareceu de olheiras, com um ar fatigado. 

— Sabe que estudei? — fez ele, olhando-a fixo.

— Palavra?

— Quer tomar a lição hoje?

— Não, amanhã...

Ele se preparou, e foi. Já sabia o alfabeto. Alda Pereira sorria, enlevada.

— Mas como é inteligente! Vamos a soletrar. Olhe que você pode dar orgulho a um professor.

A aula ia continuar. Ela tinha a cabeça curvada, mostrando a nuca nua. Ele estava encostado à mesa, com aquele tom vulgar e potente, que o seu físico ajudava. A luz era tênue. Geraldo moveu apenas a cabeça e roçou o bigode no pescoço venusto[127]. Ela estremeceu, estendeu as mãos e sus- pirou como uma rola.

—Ah! Túlio...

Ele firmou os lábios polpudos e apertou-lhe as mãos. Ela se debateu, voltou a cabeça e a sua boca purpurina, ansiosa e ávida, sugou o lábio de Geraldo. Nem uma palavra. Estavam num outro mundo. Ele caiu de joelhos, ela pendeu, rolaram os dois. Era frenética e deliciosa. Deliciosamente deliciosa. A própria paixão a vibrar. E Geraldo voltou ao casinhoto, outro homem, aturdido, sem compreender o que via, a lembrar-se dos seus abraços e das palavras suas:

— Túlio! Túlio! Não digas a ninguém! É a minha vida! Lembra-te do que fiz por ti. Só o amor, muito amor...

A vida de delírio começou então. Ela entregava-se e sentia-o como um imenso acorde do seu próprio ser. Cada beijo era uma revelação, cada abraço a dissolução de um mundo. E a necessidade de ocultar de olhares profanos aquele sentimento ainda mais os incendiava. No banho, ela estudava o momento de apertá-lo, de mordê-lo, esperava com a porta do quarto entreaberta para um beijo; em casa, as lições de leitura eram a leitura de Paulo e Francesca, no verso de Dante. Jamais, porém, ela mostrava desconfiar da sua verdadeira situação, e Geraldo, sentindo-se indigno de si mesmo, continuava a ser o banhista Túlio, sem forças para dizer a verdade.



Afinal, o senador Eleutério soubera do caso, e, mais pai do que amante, resolvera mandar Alda à Europa, a ver se o escândalo terminava. Alda chorava, queria viver sem roupas, em Santa Luzia, com o seu Túlio, e fora um verdadeiro trabalho o convencê-la de uma breve separação.

— Tu queres, Túlio?

— É para teu bem.

— Queres mesmo? É o nosso amor que matas...

Eleutério comprara as passagens, combinara tudo. Era no dia seguinte que Alda partiria. Geraldo, preparando-se para a última visita, relembrava aqueles dois meses loucos de romantismo. Como aquilo fora! Era lá possível prever? Antes, porém, da partida, era preciso dizer-lhe a verdade. Ele ia para o último ato.

Então penteou o cabelo como os banhistas, com muita brilhantina, pôs o chapéu e o capote, consertou ainda uma vez o lenço de seda, e partiu. Alda estava na mesma sala da primeira vez, muito abatida. Estendeu-lhe as mãos e a boca.

— Meu amor... A última vez!

E deixou-se cair.

— Alda, que é isso? Ânimo...

— Lembras-te? Há dois meses!... Quanto amor! Quando te vi, desde que te vi, meu amor, amei-te. Que me importava que tu fosses banhista? Se era a tua carne, o teu corpo, os teus olhos que eu desejava, meu adivinhado querido... Nunca, nunca mais sentirei o que senti por ti, no mar, quando te tinha a meu lado, forte, meu, fiel... Dize!... Nenhuma outra será como eu. Pois não?

— Mas, Alda...

— Àquela casa vão tantas mulheres! E tu tens que servir a todas, tens que as segurar, tens que as salvar...

Geraldo, viu que era o momento.



— Alda, tenho que te dizer...

— Não digas! Não digas nada!

— Não, há um engano, um engano que não pode continuar.

— Não há, Túlio, não há!...

— Há.

— Pois deixa-o!

— Não. Tu pensas que eu sou o banhista Túlio, nascido em Nápoles.

— E não és? És sim, és o meu Túlio.

— Criança! Eu sou estudante de medicina, chamo-me Geraldo Pietri.

Mas, como Alda recuava, com a fisionomia demudada, Geraldo teve um resto de piedade.

— Sim, Geraldo, estudante, que se fez passar por banhista para te amar...

Um silêncio tombou. Alda sentara-se. Depois, como Geraldo se aproximasse, sorriu, afastando-o.

— Não, senta-te. Ou vai-te. É melhor ires. Vai-te.

— Mas a nossa última noite?

— Vai-te.

— Zangaste-te?

— Não, pensei que tinhas mais espírito. Não tens. Eu sabia, ouviste? Eu sabia desde o primeiro dia, quem eras tu. Se não soubesse, teria perguntado por ti e dar-me-iam informações. Eu sabia. O meu amor nasceu de uma brincadeira. Tudo na vida é ilusão e só a ilusão é verdadeira. A verdade é a mentira porque é o comum e o vulgar. Amei-te, querendo fazer desse sentimento uma parada de gozo superfino em que ambos nos esforçássemos por dar a cada um a ilusão. Nunca se desengana uma mulher porque não se mata a ilusão. Eu amava um ser idealizado, que seria chocante se fosse verdadeiro, um banhista imprevisto, um selvagem, filho do mar e das canções, em ti que o fingias bem. Tu mataste Túlio. Que me importa a mim o estudante Geraldo? Já nem parto. Não é preciso. Adeus! E nunca, ingênuo rapaz, queiras ser verdadeiro nas coisas do sentimento que ama a ilusão.



Geraldo, nervoso, sem saber o que fazer do seu chapéu calabrês, sentia a lamentável, uma curiosa e lamentável sensação de que retomava o seu eu; um eu vulgar e comum. Alda fez-lhe ainda um vago gesto. Na rua, outra vez, envergonhado, furioso, triste, o pobre rapaz deitou quase a correr, com o receio de que o conhecessem ainda mal vindo da parada romântica. E só no quarto humilde é que pode chorar, chorar longamente não ter sabido guardar integralmente o princípio da vida — a ilusão…

# Laurinda Belfort

Laurinda Belfort teve um sobressalto. O relógio de marfim, engastado discretamente no canto esquerdo do carro, marcava duas e cinco, e esse relógio, certo, incapaz de adiantamentos ou de atrasos, marcava sempre a hora precisa para que Laurinda Belfort pudesse regularizar com calma e tempo os múltiplos afazeres dos seus perfumados dias. Havia, pois, trinta e cinco minutos que o pobre Guilherme Guimarães a esperava, apaixonado e comum, numa casa solitária.



Laurinda recostou-se, hesitando entre a ideia de apressar o cocheiro e o desejo de lá não ir, de falhar mais uma vez. Vinha-lhe o guloso apetite de deixar sem o seu corpo a absorvente entrevista. Mas, certamente, à noite teria a acompanhá-la numa queixa muda e feroz, o olhar de Guilherme, ou no teatro ou no *raout*[128] da condessa de Souto; e, à proporção que se aproximava o carro, Laurinda sentia as mãos frias, uma vaga contrariedade, a esquisita negação de todo o corpo como a tem a gente antes de fazer um enorme sacrifício...

Ah! Francamente já enfarava[129]. No primeiro dia, na manhã em que correra à primeira entrevista, teria chicoteado o cocheiro para andar depressa, para voar; nesta maldita quinta-feira vestira-se devagar, conversara durante o almoço como toda a sua vida fora um resultado de imitações, fora um acompanhamento de figurinos. Em criança, imitava os gestos pretensiosos de altas linhagens de algumas das colegas do Sion; em menina e moça a sua linha fora sempre copiada de alguns tipos de romance, e quando a mamãe lhe fez notar a necessidade de casar para satisfazer todos os apetites de luxo, imediatamente casou, inaugurando aquela grande vida artificial e custosa, com as salas compostas segundo desenhos de decoristas[130] ingleses, os vestidos vindos de Paris e um ar de boneca social, que para sempre lhe tirara a ideia de amar alguém, além da sua prezadíssima pessoa. A grande vida um tempo fê-la mesmo esquecer quase o marido, porque era preciso passar o carnaval em Nice, estar no outono em Paris, passear nos hotéis depravados do Cairo no inverno, dar opiniões sobre artistas e pintores, falar de viagens e manter o seu salão no Rio, o seu salão invejado, criticado, incomparável como Edmond Rostand, o campanilo de S. Marcos, a erosão inglesa do esporte e a graça parisiense. Fora nessa ocasião que tomara como dama de companhia uma velha inglesa esbelta, grande conhecedora de arte, que sabia versos de Morris de cor e se apaixonara pelos fados portugueses a ponto de acabar *caissière*[131] de hotel no Estoril. Laurinda tomou-a como quem consulta um pequeno Larousse, e as suas extraordinárias *toilletes*, os seus adereços, feitos no Vevert da rua da Paz, em que as pedras brasileiras tinham rebrilhos inéditos cravadas em brilhantes, eram desenhos da velha inglesa. Grande época aquela! Época de excessos, de conquista, de triunfo. O grave Belfort de vez enquanto pasmava.

— Pois quê! Tu agora fumas?

— Com efeito, grelho uma cigarreta.

— Mas é grosseiro.

— É *ultra fashion*. Não sabes nada disso. És *old style*[132].

E montou um salão de banho, em que a água da piscina parecia descer de um enorme vitral representando avalanches de neve em montes, tudo quanto há de mais pré-rafaelita[133]. Todos os objetos e utensílios obedeciam ao motivo algas do fundo do mar.

Mas em breve, a vitória mundana fatigou-a. Era preciso mais alguma coisa. Uma Alice Verride, senhora entendida em adultérios, mas da melhor sociedade, disse-lhe um dia:

— Minha cara Laurinda, precisas de um homem.

— É boa. E meu marido?

— O marido não conta nunca, principalmente quando nos faz todas as vontades. Precisas de um homem que te preocupe, cuja paixão seja um *piment* para a tua vida, um ser violento. Nunca amaste?

— Oh! Não!

— Pois é chique, menina. Admira até que tu, tão conhecedora de Paris...

No dia seguinte, Laurinda acordou convencidíssima de que precisava de um amante. Sim! Ela, uma parisiense, que tinha como nenhuma outra a arte sutil da *maquilage*, essa admirável estesia ateniense herdada por Paris, ela ainda não tinha um amante. Que atraso, que *femme vieux jeu*[134]! Decididamente retardava, retardava uns trinta anos pelo menos. E, quando apareceu ao almoço, com os olhos *cernés*[135], o gesto lasso, o lábio rubro, Laurinda olhou o paciente Belfort com um vago desprezo, tal qual as damas dos romances a que uma grande paixão sacode.



Ainda não tinha nenhuma. Mas viria a ter. Seria a última etapa de mundanismo e de puro sangue da sua já gloriosa carreira na alta sociedade, teria também o seu romance. E para realizar esse romance, entre muitos adoradores profissionais, o que já insistia de há muito era precisamente Guilherme. Que fazer? Torturada pela súplica de Guilherme, o marido, ansiando pelo fato de que lhe fosse pretexto para não ir — porque Laurinda, sem indagar de razões, sentia-se presa a esse dever, ao dever do amor. Afinal, sempre se decidira. Mais uma vez, Deus do céu! E lá ia sem compreender por quê, para a casa à beira mar ouvir o marulhar do oceano e a voz do Guilherme!

Pobre Guilherme! Estava decerto à espera, torturando as pontas farpadas do bigode, chegara talvez cedo demais. Também não fazia outra coisa agora, passava a vida amando-a; e, ela, decididamente, enfastiava-se. Tudo quanto é demais, aborrece.

Fora levada àquilo por mundanice, por cabriolice da alma, como diria a Sra. de Souza Castro, titular em decadência, hoje dama de companhia. De ver as outras damas amadas por homens discretos e bem-vestidos, achara aquilo *smart*[136] e comprometedor, com um leve tom de crime consentido. Ir assim, no seu carro, no carro do seu marido, entregar-se à paixão do outro, do cavalheiro elegante, parecia-lhe uma nota essencial da moda, lembrava-lhe logo os romances de Paris, a psicologia passional das duquesas de alta linhagem, que às vezes tem dois, sem contar o esposo.

Era-lhe grata como se a sua existência fosse a última elegância esperada para fazê-la ultrassuperior.



De resto custara, e muito até. Acostumada ao louvor das costureiras e dos íntimos, intimamente convencida de que onde fosse a admirariam, muito risonha e muito audaz, quem a visse naquela vertigem de diversões inventando o prazer e o "flerte", não a julgaria no fundo tão profundamente temerosa das coisas positivas...

O pobre Guilherme vivera de platonismos longo tempo. Onde ela estivesse, ele lá se achava. Na rua dava-lhe cercos para lhe tirar o chapéu, curvar-se; em casa, valsando (depois de conversar com o marido, muito seu amigo), escorria-lhe no pescoço declarações de amor respeitoso. Era a sugestão, a tentação, a perdição... Ela ouvia-o, marcava-lhe o lugar da sua frisa para que ele comprasse uma poltrona fronteira, dizia-lhe com antecedência os bailes e os *five-o-clock*[137] que teriam a sua presença. Quando Guilherme falou do grande acorde, sentiu um desejo surdo de se negar. Então era fatalmente preciso? O desejo fora, entretanto, muito forte, entontecera-a. Ela, que tinha o nome nos jornais mundanos, no livro das costureiras e no lábio de toda a gente, quis ouvi-lo pronunciado ternamente por um homem elegante. A curiosidade aguçou-se. Como seria emocionante desmaiar, tal qual o pintam nas gravuras e nos romances! Seria antes de tudo *high-life*. Guilherme era chique.

Guilherme! Que nome horrível! Mas, coitado, amava-a, estava sempre em toda a parte, tinha uma porção de roupas, andava à inglesa, trotando, com os braços meio abertos, repartia o cabelo ao meio como nos figurinos, e possuía um encanto inédito; limava as unhas, dava-lhe um brilho metálico, incrível, um lustro, que, quando movia os dedos, parecia ter nas pontas palhetas de nácar[138]. Ah! As unhas desse Guilherme!

Quando o jovem afortunado lhe premia a mão, o contato envernizado daquelas unhas dava-lhe num arrepio a delícia de mais um ofertório à sua beleza tão aguda, tão clara, tão moderna e tão perturbadora. Fora talvez essa a única razão porque se entregara à sensualidade meio *snob*, meio cerebral, de se sentir despir por aqueles pedaços de um vermelho especial e lustroso, o contato daquelas unhas artificiais e extra-humanas. E nos passeios, nos banquetes, as luminosas unhas de Guilherme preocupavam-na como o olhar invejoso de uma amiga, o luxo de mais uma renda, a volúpia de uma joia, que se não pôde possuir senão à custa de um enorme sacrifício...



Fez concessões a princípio, foi só a trechos pouco frequentados conversar apenas, discutir os tenores da companhia lírica e as infâmias da sua roda. Mas, como de uma feita, ele, de mãos postas e joelhos em terra, sem se incomodar com a calça, rogasse a sua ida ao infalível ninho de amor, ela cedeu afinal, incapaz de resistir por mais tempo...

Nesse dia foi meia hora antes, e agora, ali no carro, indo outra vez, ainda tinha na memória a exasperação sensual da tarde intensa. Guilherme, outro, rouco, e aquelas unhas brilhantes, coralizadas, que envermelheciam mais, que se machucavam desfazendo tecidos, que tocavam frias à sua epiderme, luziam nas *batistes*[139] como carapaças de pequenos monstros estranhos, para acabar empalidecendo, fenecendo de perpassar pela sua carne como fica sem cor um rosto sempre votado à oração... Naquele momento, toda a sua alma vibrara de um prazer como nunca tivera, o prazer sutil de gozar e desfazer o artifício máximo do outro. Mas, desde então, ficara de gelo, esfriara, diante da pertinácia alvar daquela paixão.

Pobre homem! Não se contentara! Antes pelo contrário, parecia furioso depois do primeiro dia. Pedia-lhe entrevistas a todas as horas, em todos os lugares, tinha sempre nos olhos uma queixa, e obrigara-a a dias certos! Ela, uma senhora afinal, achava aquilo brutal, uma violência de quem paga e que a reduzia, que a humilhava.

Não havia dúvida a amava. Mas isso não era razão e plausível para tamanhos excessos. Certamente era gentil, esperava-a sempre com o quarto florido. Mas, em a vendo, era sempre aquele beijo, o beijo infalível e a frase:



— Sempre vieste! Como te amo, Laurinda, como eu te amo!

Uf! Que banalidade! Era baboso, era de entorpecer. E, positivamente, estragar um dia por semana, roubar-se à admiração do próximo para ouvir aquele senhor soluçar queixas de amor, parecia até pouco sério. Depois, Guilherme nem sabia, nem tinha préstimo para vestir uma senhora. Os seus vestidos, complicados, com ligaduras difíceis e ousadias de corte, eram amarfanhados por ele, rasgados, e mesmo, num dia de frio, caindo do céu a umidade, diante do espelho, Laurinda suava de impaciência, tanto o idiota custava para lhe atacar o colete — já com as unhas quebradas; sem brilho de se roçarem e de a apertarem.

Antes de ir para essas sessões, Laurinda vestia-se lentamente com a dor de saber que se ia despir, demorava, imaginava afazeres, olhando o relógio. De repente, porém, quando já os ponteiros passavam da hora, não se continha. Mandava tocar a toda, corria ao *rendez-vous*[140] com a louca vontade de que ele não a esperasse mais. Por que ia então? Ora! Porque ia! Por condescendência, por fraqueza, por não achar o meio sério de se livrar de vez. E só então

Laurinda lembrou que ia, naquele momento, para o suplício! Pegou do tubo acústico[141], soprou desesperada:

— Mais devagar, José!

Se aquele pobre Guilherme tivesse mais alguma novidade além das unhas! Mas — coitada dela! — era certo vê-lo ajoelhar, vê-lo dizer: "Sempre vieste!", mostrando as unhas polidas e brilhantes prestes ao sacrifício! Era infalível que teria um fato novo, que a beijaria como a beijava sempre nos olhos para lhe tirar a *veloutine*[142] do rosto, era fatal que arrebentaria o cordão do seu espartilho diante do *psyché*[143] — que é como a alma do nosso físico... Ao menos, se o jovem feliz não a obrigasse a se despir, conversasse apenas, tivesse, enfim, um aspecto novo — vá! Mas não. Havia de ser tal qual, inexoravelmente tal qual. Oh! Era estúpido!

Um espasmo de raiva fê-la esticar os dedos coriscantes[144] de anéis. Seria eterno aquilo? Não acabaria mais nunca? O monstro abusaria até o fim da sua posição de mulher honesta e fraca?

De repente o carro parou.

Deus! Ia começar a tortura, o desespero! As janelas estariam abertas, era certo. O imbecil ainda acabava morando lá! Lentamente, como se levantasse o mundo, suspendeu o *store*[145] de seda branca, e mais lentamente ainda ergueu os olhos tristes.



A casa estava totalmente fechada.

Hein? Seria possível? Ele, então — e de súbito o desespero sufocou-a — não a esperava mais? Acabara a paixão? Então, ele também estava farto, estava cansado? Oh! Ela já enjoava, já aborrecia aquele cidadão que a perseguira dois anos! Mas então essas coisas acabavam assim com a porta fechada, na cara, na sua face! O grosseirão insultava a ela, a ela, Laurinda Belfort, esposa de Soares Belfort!

Abriu a portinhola. Saltou. No seu cérebro baralhavam as ideias como se a afronta a ensandecesse. Em derredor, a rua deserta modorrava. No céu muito azul, de um azul muito claro, o sol vibrava, e do mar, que abria pelo espaço um outro céu, vinha a úmida aragem de um dia primaveril. Deu dois ou três passos, certificou-se rangendo os dentes de desespero.

Oh! Era ela — para seu castigo, por ter querido ser boa, por ter pena do infeliz, era ela quem não se fazia receber! Oh! A vida! Quantas surpresas amargas!

Meteu-se outra vez no carro, bateu a portinhola.

Ah! Não! Nunca mais! Estava acabado! O Sr. Guilherme queria o insulso, o idiota? Tanto melhor! Só assim não perderia mais o tempo, ela que tinha tanto que fazer, que ainda não fora ao costureiro e tinha teatro à noite, jantar, um *five-o-clock* das Teixeira impreterivelmente às quatro e meia! Que bom! E o cretino a pensar que a humilhava, que a incomodava! A rua do Ouvidor devia estar esplêndida. Se ao menos ela, Laurinda Belfort, não estivesse muito mal! Sempre que vinha àquela horrível casa vinha tão sem gosto... O seu vestido era de rendas brancas, sobre um fundo de *liberty* verde-gaio. Abriu o estojo do *coufé*, tirou um espelho, um pompom de pó de arroz, viu-se, achou-se bela com o seu chapéu que era uma rosa debruada de uma enorme pluma verde pálido. E, de fronte do espelho, a ideia de fugir à humilhação apuou-lhe[146] de novo o cérebro. Não havia dúvida. Nada de cenas que demonstrem amor. Apenas, ao encontrar o mariola — uma frase triste:



— Ah! Meu amigo, foi-me impossível ir hoje!

Gozar a cara dele, negar a sua ida lá, e mesmo que ele dissesse não ter ido também, mostrar um ar indiferente... Ah! Torturá-lo com uma indiferença calma, ignorante, com alguns bocejos, até tê-lo uma última vez e deixá-lo, abandoná-lo, não ir mais — ela, ela, ela a vencedora! Desprezar as suas unhas, o prazer mórbido de tocá-las, as unhas... Ah! Canalha!

Então, sob essa impressão, Laurinda Belfort inclinou-se vivamente:

— José, para a cidade, depressa!

O carro tornou a rodar, enquanto, reclinada na almofada de seda, Laurinda torcendo os dedos, sentia, por mais que não quisesse sentir, a falta daquela hora infame, daquelas frases tolas, a falta daquelas unhas que lhe davam a renovação de uma sensação toda cerebral, para ao menos quebrá-las mais uma vez, mordê-las, desprezá-las. Instintivamente, na imensa confusão dos seus desejos, olhava os transeuntes com ânsia, a ver se o via, a ver se o encontrava, para parar o carro, ou tocar à toda, ou cumprimentá-lo, ou fingir que não o via... Sabia lá! Mas para vê-lo um momento ao menos, o pobre diabo, com os seus bigodes e aquelas unhas da cor do nácar rosa... E nos seus olhos brotavam, de desespero e de desejo, lágrimas a fio — por não ter tido, apenas naquele dia, o brinquedo de um pobre ente para torturar e espezinhar, o brinquedo aborrecido uma hora antes.

# A peste

*A João Antonio Brandão*

E de súbito, um indizível pavor prega-me ao banco. É um dia brumosamente invernal. O azul do céu parece tecido de filamentos de brumas. O sol como que desabrocha dentre as brumas. O ar, um pouco úmido e um pouco cortante, congela as mãos, tonifica a vegetação, e o mar, que se vê à distância num recanto de lodo, tem reflexos espelhentos de grandes escaras de chagas, de óleo escorrido de feridas à superfície quase imóvel. O cheiro de desinfecção e ácido fênico, o movimento sinistro das carrocinhas e dos automóveis galopando e correndo pela rua de mau piso, aquela sujeira requeimada e manchada das calçadas, o ar sem pinga de sangue ou supremamente indiferente dos empregados da higiene, a sinistra galeria de caras de choro que os meus olhos vão vendo, põe-me no peito um apressado bater de coração e na garganta como um laço de medo. A bexiga[147]! A bexiga! É verdade que há uma epidemia... E eu vou para lá, eu vou para o isolamento, eu!

Um mês antes ria dessa epidemia. Para que pensar em males cruéis, nesses males que deformam o físico, roem para todo sempre ou afogam a vida em sangue podre? Para que pensar? E Francisco, o meu querido Francisco a que eu amava como a melhor coisa do mundo, pensava todo o dia, lia os jornais, tomava informações. A média de casos fatais é de trinta por dia. Ela vem aí, a vermelha[148], dizia. E já organizara um regímen, tomara quinino, tinha o quarto cheio de anticépticos, os bolsos com pedras das farmácias para afastar o vírus. Coitado! Era impressionante. Eu bem lhe dizia:

— Mas criatura, não tenhas medo. Andamos todo o dia pelas ruas, vamos aos teatros. Qual varíola! Vê como toda gente ri e goza. Deixa de preocupações.

De manhã, porém, nós líamos juntos, ao almoço, os jornais. Para que mentir? Havia, havia sim! A sinistra rebentava em purulências toda a cidade. Um dia em que passava por uma igreja, Francisco ouviu os sinos a badalar sinistramente. Teve a curiosidade de saber por quem tão tristes badalavam e perguntou a um velho.

— É promessa, meu senhor, é para que Santo Antônio não mate a todos nós de bexiga.



Francisco ficou como desvairado. Ao jantar encontrou-se comigo.

— Ah! Filho, falta-me o apetite. Estamos perdidos. É impossível lutar. Ela está aí.

— Acabas doido.

— Antes! — fez, no orgulho da sua beleza.

Há uma semana, indo por uma rua de subúrbio encontrou com gritos e imprecações um bando de gente que arrastava ao sol um caixão. Era uma pobre família levando à igreja o cadáver de uma criança em holocausto, para que Deus tivesse piedade e misericórdia. A impressão prostrou-o. Chegou à casa ainda mais assustado.

— Sabes! Estamos perdidos. A polícia já deixa arrastarem os variolosos pela rua. Dentro em pouco só lepra, a lepra de dentro encherá as ruas. Cada dia aumenta mais, cada dia aumenta. Quando chegará a nossa vez?

— Mas vai embora, homem, sobe à montanha, afasta-te…

E comecei eu também a indagar, a querer saber. Então, continuava? Como era? Como se morria de bexigas? As pessoas ficavam muito coradas, sentiam febre. Havia várias espécies. A pior é a que matava sem rebentar, matava dentro, dentro da gente, apodrecendo em horas! Palavra, não era para brincadeiras. O Francisco abalara para o Corcovado, uma noite, sem me falar, sem me dar um abraço e, de repente, naquela manhã, hoje, sabia por urna nota que ele estava no S. Sebastião, com bexiga também, talvez morto! Deu-me um grande ímpeto! Covarde! Fora o medo. E agora? Era preciso vê-lo, não era possível deixá-lo morrer sem um amigo ao lado. Nunca tive medo de moléstias, morre quem tem de morrer. Depois a cidade estava tão alegre, tão movimentada, tão descuidosa. Tomei o *tramway*[149] quase tranquilo. Mas ali, tudo indica a morte, a angústia, o horror, ali é impossível, e eu sentia um frio, um frio...

— Estamos no ponto terminal; não salta? — diz-me o condutor, virando os bancos. Faço um esforço, salto. E vou. Vou devagar, vou não querendo ir. A impressão de fim, de extinção violenta! Aquele recanto, aquele hospital com ar de *cottage*[150] inglês aviltado por usinas de porcelana, é bem o grande forno da peste sangrenta. Como deve morrer gente ali, como devem estar morrendo naquele instante. Desço a rua atordoado, com um zumbido nos ouvidos. O mar é um vasto coalho de putrefações, de lodo que se bronzeia e se esverdinha em gosmas reluzentes na praia morta. O chão está todo sujo, e passam carroças da Assistência, carroças que vêm de lá, que para lá vão. Quase não há rumor. É como se os transeuntes trouxessem rama de algodão nos pés. Só as carroças fazem barulho. E quando param — como elas param! — é o pavor de ver descer um monstro varioloso, desfeito em pus, seguindo para a cova... Espero que não haja nenhuma carroça à porta, precipito-me pela alameda que sobe ao hospital. Vou quase a correr, paro à porta de uma sala que parece escritório.

— O diretor?

— É alguma coisa de urgente? — indaga um jovem.

— É. É e não é.

— Vou preveni-lo. Sente-se. O senhor está pálido.

Caio numa cadeira. Sinto as mãos frias. As pernas tremem. Eu tenho medo, oh!, muito medo… E aquele trecho de secretaria não é para acalmar o destrambelhamento dos meus nervos. Tudo é branco, limpo, asseado, com o ar indiferente nas paredes, nos móveis sem uma poeira. Os empregados, porém, movem-se com a precipitação triste a que a morte obriga os que ficam. Retintins de telefone repicam seguidamente nos quatro cantos. Os diálogos cruzam-se, diálogos em que as vozes falam para dores invisíveis.

— Mais um doente?

— Ah! Sim, ciente.

— Qual? Não há mais lugar. O de nome José Bernardino? Vou ver.

E mais adiante:

— Olhe, 425? Morreu ontem à noite. Se já seguiu? Já.

Enquanto essas notícias são dadas à boca dos fones, há mulheres pálidas e desgrenhadas que esperam novas dos seus doentes; há velhos, há homens de face desfeita, uma série de caras em que o mistério da morte, lá fora, entre as árvores, incute um apavorado respeito e uma sinistra revolta. Quantas mães sem filhos! Quantos pais à espera da certeza da morte dos filhos! Quantos filhos ali, apenas para tratar do enterro dos que lhe deram o ser. Ela não respeita idade, passa a foice purulenta em tudo, está lá reinando, fora, no jardim, entre as árvores, morro acima. Os funcionários têm uma delicadeza fria.

— Que deseja, minha senhora?

— Saber do meu filho. É 390.

— Há quantos dias?

— Há quatro. Ainda elas não tinham saído. Foi o médico que disse. Ai! O meu pequeno!

— Está decerto no pavilhão de observação. Vou mandar ver.

— Meu senhor, a minha mulherinha, diga-me por Deus, diga-me.

— Espere, homem. Nada de barulho.

Os retintins telefônicos continuam. Algumas faces não dizem nada. Estão lá sentadas, esperando, esperando, esperando. E há marcados, marcados do terrível mal, que vão sair, não morreram, estarão dentro em pouco na rua com a fisionomia torcida, roída, desfeita para todo o sempre. E ele? E Francisco? Ficará assim? Assim, horrível, horrível… É preciso vê-lo! É preciso!

O rapaz volta, faz-me um gesto, sigo-o, dou no gabinete do diretor, muito louro, com a sua face inteligente vincada de tristeza.

— Então por cá? Não teve medo? Está com a mão fria. Ah! Meu amigo, a apostar que não acreditava na devastação do mal? Pois é horrível, é inaudito. Tenho presentemente no hospital setecentos e vinte doentes desde a varíola hemorrágica, que mata em horas, até a bexiga branca que nem sempre mata. Já não há lugares. Nunca S. Sebastião esteve assim. Mandei construir à pressa mais dois pavilhões. Estou arrasado de trabalho e desolado. Afinal, por mais que se esteja habituado, sempre se tem coração para sentir a dolorosa atmosfera de desgraça… Mas que deseja? Diga.

— Eu desejava tomar uma informação. Está aqui no hospital um rapaz do norte, Francisco Nogueira, estudante…



— Francisco? Há tanta gente que entra e tão pouca que sai… Em que dia entrou?

— Creio que anteontem.

— Vou mandar ver.

Tocou um tímpano. Apareceu um funcionário. Falaram ambos. O funcionário saiu e, desde que saiu, um tremor apoderou-se do meu corpo. Estaria morto? Estaria vivo? Aquela carne feita de ouro e de rosas já se teria transformado numa chaga purulenta? E se estivesse morto? Uma criança tão cheia de esperanças, tão entusiástica, tão pura, sem os pais aqui, sem ninguém a não ser eu que tremia. Nossa Senhora! Que me viriam dizer? E ao mesmo tempo, o desejo de encobrir tamanha emoção forçava-me a fingir um sorriso, a dizer mundanamente coisas frívolas ao homem bom cujos olhos tinham tanta piedade.

— É o diabo. A epidemia tem impedido vários prazeres da *season*. As grandes estrelas mundiais, os teatros.

— Pouca gente.

— Menos do que se devia esperar. Não frequenta?

— Não tenho tempo.

— Ninguém dirá entretanto que a varíola...

— Nas grandes cidades as pestes dão uma impressão muito menos dolorosa do que outrora.

— Na Idade Média, não, doutor.

Mas um nó subitâneo estrangula-me a frase. O funcionário voltara, dava informações baixo ao diretor. O médico pôs-se de pé e diante de mim:

— Está cá. Entrou anteontem. Está vivo, o médico da enfermaria diz que há esperanças.

— Quero vê-lo, doutor.

Houve uma pausa grave.

— É vacinado?

— Sou.

— Já viu um varioloso?

— Não.



— Gosta desse rapaz?

— É meu amigo.

O diretor pensou. Depois:

— É melhor não o ver. Aceite o meu conselho. A ele nada falta. O senhor parece tão comovido. Tenha esperança, vá descansar. As emoções fazem mal neste período...

— Quero vê-lo, doutor, quero. É um grande obséquio que lhe fico a dever.

O diretor ainda hesitou um instante, mas diante da minha resolução que se fazia súplica, fez um gesto e eu acompanhei o funcionário, passei a secretaria, entrei no jardim, comecei a subir para o morro, onde entre as árvores erguiam-se os grandes pavilhões, com as redes das janelas pintadas de vermelho. Era ali, naqueles enormes galpões, com janelas forradas de tela rubra que a varíola punha putrefações e gangrenas em corpos dias antes bons. O homem ia depressa, e eu arquejava atrás, sem forças, com as têmporas batendo. Meu Deus! Que iria ver? Que se daria? De repente, parou, subiu uma escada. Subi também. Abriu uma porta de tela, entrou. Entrei com ele. Abriu outra, passou. Passei com ele. Encaminhou-se para um compartimento. Segui-o. Onde estava eu? Sei lá! Não sabia! Não sabia! Vi-me diante de um leito, onde um cobertor tapava, por completo, um pequeno volume. Para diante havia outros leitos cobertos de vermelhos, outros muitos, cobrindo os negregados. Certo cavalheiro indagava:

— Quer ver então?

— Sim, senhor.

— Não é grave. Este escapa. Mas tenha coragem!

Depois, com infinito cuidado, pegou das pontas do cobertor e foi levantando aos poucos.

Fechei os olhos, abri-os, tornei a fechá-los.

— Não há engano?

— A papeleta não erra. É ele mesmo.



Eu tinha diante de mim um monstro. As faces inchadas, vermelhas e em pus, os lábios lívidos, como para rebentar em sânie[151]. Os olhos desapareciam meio afundados em lama amarela, já sem pestanas e com as sobrancelhas comidas, as orelhas enormes. Era como se aquela face fosse queimada por dentro e estalasse em empolas[152] e em apostemas[153] a epiderme. Quis recuar, quis aproximar-me. Só consegui dizer para o horror:

— Francisco, Francisco, então como vais?

Os lábios moveram-se, e uma voz, outra voz, uma voz que era outra, passou vagarosa:

— Ah! És tu?

Enquanto o corpo não fazia um gesto. Era ele, ele, sim, porque sobre a travesseira, só uma coisa não desaparecera dele e da podridão parecia tomar um redobro de brilho: a sua enorme cabeleira negra, com reflexos de ouro azul-tinta...

Então veio-me um louco desejo de chorar, um desejo desvairado. Fiz um vago gesto. O funcionário abriu-me a porta e eu saí tropeçando, desci o morro a correr quase, entre os empregados num vaivém constante e as macas que subiam com as podridões. Um delírio tomava-me. As plantas, as flores dos canteiros, o barro da encosta, as grades de ferro do portão, os homens, as roupas, a rua suja, o recanto do mar escamoso, as árvores, pareciam atacados daquele horror de sangue maculado e de gangrena. Parei. Encarei o sol, e o próprio sol, na apoteose de luz, pareceu-me gangrenado e pútrido. Deus do céu! Eu tinha febre. Corri mais, corri daquela casa, daquele laboratório de horror em que o africano deus selvagem da bexiga, Obaluaiê[154], escancarava a face deglutindo pus. E atirei-me ao bonde, tremendo, tremendo, tremendo…

Há epidemia, oh!, sim, há epidemia! E eu tenho medo, meu amigo, um grande, um desastrado pavor…

E Luciano Torres, após a narrativa, caiu-me nos braços a soluçar. Era de noite e foi há dois dias. Ontem vieram dizer-me que Luciano Torres, meu amigo e colega, fora conduzido em automóvel da Assistência do seu elegante apartamento das Laranjeiras para o posto de observação. Está com varíola.

# Última noite



Perdeste?

— Não, ganhei por treze. Veja você a cábula[155]!

E Armando recebia do parceiro mil-réis pela partida de bilhar. Para fazer semelhante aposta fora preciso a boa vontade do Jeremias, o principal caixeiro, que emprestara os dez tostões e durante toda a partida levara a peruar, grasnando. "Anda com isso, homem. Pois ainda não ganhaste? Olha que se perdes..." Armando suspirou, bateu com o taco no soalho.

— Vamos outra, parceiro? — silvou o contendor, um sujeito lívido, de olhar desconfiado.

— Não posso. Tenho onde estar às sete.

— Quem? Você? Qual! O que você tem é medo. Um pixote[156] com uma sorte maluca.

— Ah! Filho, quem dá a sorte é Deus.

Mas o Jeremias vinha arrastando as chinelas, em mangas de camisa. E, apanhando as bolas no pano sujo de giz, a apagar um dos bicos de gás, resmungou tirânico:

— Deixa-o lá. Não lhe dês conversas. O dianho[157] perde e ainda se põe com luxos!

Mesmo ali, entregou-lhe a nota do empréstimo, piscou o olho para outro caixeiro, um camaradão esse, foi até a cigarreria receber fiado um maço dos de carteirinha e uma caixa de fósforos. Acendeu um, vagou um pouco pela atmosfera deletéria do botequim, repleto de cambistas, de vendedores de senhas, de gente que não tinha o que fazer ao lado de uns tipos de torrinha, que trabalhavam o dia para fazer da claque[158] à noite, olhou-se um instante no espelho. Estava pálido, com olheiras, a barba por fazer e o seu colarinho, emprestado, havia oito dias que lhe apertava o pescoço. Sentiu uma tonteira. Fome, decerto. Não comera desde a véspera, e o dia anterior passara-o com uma média e meio pão com manteiga, repartido afetuosamente com o Clodomiro. Iria comer um bife no frege[159].

Saiu devagar, desceu a rua do Senado, entrou numa casa de pasto da rua do Espírito Santo, e foi bem para o fundo, com medo dos camaradas necessitados, que talvez quisessem repartir. O caixeiro, um gordo, com o ventre muito grande e o nariz rubicundo, assentou as duas mãos na toalha suja, e desfiou diante dele a lista cantada das iguarias.

— Um bife e um caldo verde.

— O bife depois?

— Está visto.

— Salta um caldo verde! — ladrou para dentro o homem.

Armando pediu também vinho. Logo que o caldo lhe caiu no estômago, um calorzinho agradável percorreu-lhe o corpo, e o estômago pareceu-lhe que acordava — o seu bom estômago, amigo às direitas, sem exigências, sem queixumes, um estômago que perdera a noção do jantar e do almoço e parecia dormir-lhe nas suas entranhas. Devorou o caldo com grossos pedaços de pão, devorou o bife, sorveu a meia garrafa de vinho, mastigou duas bananas. Oh! Tinha fome para muito mais! O proprietário, porém, não fiava, e já era muito aquele jantar. Apanhou os níqueis do troco, saiu, com as mãos no bolso, e verificou no meio da rua que não tinha nada a fazer. Era um homem, completara vinte anos, conservara rijos os músculos e cheia de ambições a alma. Entretanto estava ali, na calçada, como um trapo, ao deus-dará da vaga humana, sem trabalho, sem morada. Para onde iria ele, coitado? Era onde calhasse que havia de dormir. Talvez ceasse. E talvez no dia seguinte encontrasse um emprego. Oh! O emprego! Quantas desilusões e a quanta coisa descera para arranjá-lo! Lembrou-se de que uma grande influência política, um senador, olhando-o muito intimamente, dissera-lhe:

— Veremos, ainda se pode arranjar...

Ainda se pode! Armando sorriu. Ora se ainda! Os seus orgulhos, e sua altivez, a noção de honra, de hombridade, de vergonha tinham naqueles quatro meses de miséria se adelgaçado assaz. Tudo é tão relativo neste mundo! Quando está a roupa no fio e o estômago vazio está, tira-se partido mesmo do que nos repugna ao menos para jantar. E ele, perdendo a cor da face, impondo ainda o seu tipo sensual de adolescente, entrava em intimidades perigosas, arranjava pequenas ladroeiras mais perigosas que grandes roubos, metia-se em histórias inconfessáveis, e lentamente, cada dia descia mais.



Aquilo acontecera a tantos! Ele viera da terra remetido a um tio padre que vivia em mancebia com uma cabrocha gorda para os lados da Penha. Era forte, airoso e com essa sensualidade à flor da pele que só têm os homens de Portugal. Por causa da cabrocha o tio despachara-o para uma taberna na cidade. Ele ia indo bem e assim passou dois anos. Mas um dia uns camaradas lembraram ir ao teatro, a uma grande revista de certa companhia portuguesa. Foi, de terno novo, com um ramo de violetas à lapela. Nunca vira um teatro. Apaixonou-se por todas as mulheres, começou logo a considerar os cômicos grandes homens. Nessa noite esperou a saída dos artistas. No dia seguinte, apesar de tomar conta da taberna, às onze horas saiu pé ante pé para não acordar os outros, bateu a porta e voltou ao teatro. E como não tivessem percebido a sua fugida, todas as noites deu para fazer o mesmo. Estava de dia a cair de sono, mas já conhecia os coristas, já dizia a sua piada às coristas, já o porteiro da caixa[160] lhe pedira dinheiro para o deixar passar, e uma artista, a Etelvina Soares, uma de pernas grossas, já lhe passara duas cadeiras de benefício. O teatro, a caixa, os artistas exerciam a sua fatal tentação e para a folia da noite Armando cortava na gaveta do patrão uma féria permanente. Mas, ao voltar uma noite à taberna, encontrou de pé, à porta, o patrão a bufar de cólera, que o espancou furiosamente, insultando-o a berrar:

— Pensavas, patife, que eu não viria a saber!

Ele foi digno. Que importavam empregos? Exigiu as suas contas, recebeu economias de dois anos que o patrão com a ameaça da polícia dera imediatamente, e caiu no oceano daquela vida sedutora, despreocupado e feliz. Passava os dias nos ensaios, nas bodegas de artistas meio esfomeados, passava bilhetes de benefício. As mulheres não o amavam, mas ele conhecia todas; os grandes cômicos não lhe sabiam o nome, mas ele, Armando, conhecia-lhes todos os papéis, tinha opiniões, criticava, sabia de cor uma porção de coplas[161]. O ar pesado da aldeia, desfizera-o a vida na cidade; o tom grosso de caixeiro, aquele roçar com cômicos transformara. Acabou por desprezar os seus antigos colegas e, na noite de despedida da companhia, no embarque da mesma, fez loucuras de entusiasmo. Ah! Aquilo é que era! Mas já não lhe restava mais nada das economias e era preciso empregar-se. Empregos! Todas as portas se lhe fechavam nas casas de comércio, sabendo do tempo em que estivera desempregado. Alguns sabiam mesmo a história, e o próprio Armando sentia não poder mais voltar àquele trabalho, enquanto os dias iam se passando pelos teatros, pelos botequins, à cata de dinheiro, amoldando-se ainda mais à infâmia, aos desejos misteriosos, às pândegas das noites. Por último era aquilo sujo, com fome, sem ter onde dormir, e entretanto julgando-se mais do que fora antes, julgando-se mais, reagindo contra uma resolução que o fizesse mandar buscar pelos pais ou de novo o pusesse a trabalhar. Que vida!

Armando parou à porta de um botequim numa roda de atores principiantes, de contrarregras, de figurantes. Há sujeitinhos lavados, bem como os coristas, há tipos em mangas de camisa, há também estômagos vazios. São conhecimentos das noites passadas em claro nos cafés-bilhares, nas baiucas fétidas de jogo. Armando olha um sujeito de grosso bengalão: é o chefe da claque. Cumprimenta-o, fala-lhe.

— Não tem disso, não! Fomente-se!

Mas é bom, dá-lhe uma senha. De posse da entrada, o rapaz põe-se logo a andar, embarafusta pelo teatro, atravessa o jardim sem ver ninguém, entra na caixa, sobe uma estreita escada de quatro ou cinco degraus, atravessa um monte de cenários velhos, que de vez em quando saem da poeira letárgica para um espetáculo de arromba.

Vira à esquerda, passa pelo pano do fundo para a carreira de camarins das notabilidades, sobe outra escada, dá em meia dúzia de bricoetes[162]. Armando abre um. É o do ator Espínola. Quem é o Espínola?

Ninguém sabe. O Espínola foi comerciante, apaixonou-se pelo teatro, passou misérias atrozes, e vive agora de fazer pontas com cento e cinquenta mil-réis por mês. É tímido, é assustadiço, e tem piedade pelos outros.



— Então, que há?

— Parece que a companhia dissolve.

— É o diabo! Vamos para o interior? Com quem?

— Um pequeno grupo…

Espínola pinta-se mal e dá informações. Com os olhos queimados, a face oleosa pela falta de repouso, Armando ouve-o. Lá embaixo tocam um grande sino. Vai começar. Espínola sai. Armando diminui a luz do gás, tira o casaco e deita-se na mala. Dormir, não pensar, dormir apenas… E dorme, dorme um sono mau, fatigante, interrompido pelas entradas do Espínola, cortado de toques de sino, de inferneiras de mulheres, de gritos, de músicas. Faz no camarim uma temperatura de caldeira. Afinal, à meia-noite, Espínola acorda-o. Terminou o espetáculo. Armando lava a cara, penteia o cabelo, prepara-se, saem os dois devagar. Espínola não tem amantes, e por uma evidente infelicidade Armando não arranjou nenhuma. Tomam café no largo do Rocio. O bom Espínola, que habita um cômodo com mais cinco pessoas, despede-se. Armando, só, sem coragem, volta de novo ao botequim onde ganhou dez tostões. Há como ele outros rapazes, há coristas, há tipos reles. Às vezes fazem-se pândegas. Mas naquela noite ir amanhecer no Leme ou no Mercado? Não, não é possível.

Os botequins vão fechando, rareia o trânsito, passa de vez em quando um bonde. Aparecem os varredores da Limpeza Pública, numa nuvem sufocante de poeira. Armando está ainda à esquina, mastigando a ponta do cigarro. E vê então que há luar. A lua cheia, muito lânguida e muito pálida, estende pela casaria a poesia misteriosa da sua luz. Oh! A velha lua! Como consola os tristes e os desgraçados! Armando vai indo a pé, olhando o céu, olhando a lua. Desce as ruelas escuras, dá no gradil do campo de Santana, rescendente de aromas silvestres. Tudo é calmo, tudo é docemente quieto. A brisa leve embala os ramos das árvores num suave perpassar, e do alto, amplo, como uma ânfora de consolo e bem-aventurança, o astro derrama a delícia tranquila do seu esplendor. Não poder saltar aquele gradil, estender-se na relva, ofertar-se à lua numa longa hora de choro e de lágrimas... Dói-lhe tanto o estômago! Vai até a Central, já com os focos apagados. Há uma negra vendendo mingau para uma roda de notâmbulos: marinheiros e soldados ébrios, fúfias de galhinho de arruda e chinelas, sujeitos ambíguos de calça balão. Palavrões choviam. A negra lavava a louça, e ao seu lado um canzarrão cinzento com vestígios de lepra, roncava. Um momento hesitou. Tomaria o mingau? Mas a viagem? Não! Era melhor dormir, dormir tranquilo. Entrou, caminhou até o saguão, foi até o embarcadouro. No saguão havia o vigia a dormir. Na *gare*, um cavalheiro passeava devagar com uma formosa senhora. Ele parecia radiante, e ela tinha esse olhar amortecido que as mulheres têm quando querem saber mais alguma coisa na vida. Um perfume delicado errava à sua passagem, e quando ela ria, o seu riso animava a tristeza sombria da estação.

Armando não olhou sequer. Preocupava-o a bilheteira. Quando a viu aberta, comprou um bilhete de ida e volta para o subúrbio, correu a um vagão de segunda classe, estendeu-se refasteladamente. Estava só. Ia dormir!

Pouco depois soaram campainhas. O chefe do trem acenou para o maquinista com um lanternim de vidros vermelhos e verdes, um silvo partiu, houve um ranger de ferros. O trem moveu-se, a princípio devagar, depois vertiginosamente, deixando na corrida louca o renque do casario, as duas fitas dos combustores.

— Praia Formosa! — grita o condutor, saltando para a plataforma.

Entram alguns indivíduos, talvez cocheiros. Falam de burros, de atrasos, de parelhas.

— Faz obséquio do seu bilhete.

Armando abre os olhos. No vagão, o diminuto número de passageiros tem um ar de sono e de fadiga. Havia gente vinda dos bailes, das tipografias, do trabalho, e muitos, também como Armando, lá se achavam apenas para passar algumas horas fora do relento. Uns vinham estirados sobre os bancos; outros apenas cochilando. Armando reconhecia-os, sem pena, indiferente. Tinha que ser. Talvez alguns tivessem ainda a pensão do jantar. Ele sim, ele é que, longe da família, longe da sua terra, sem auxílios, descia a rampa da vida certo de encontrar o abismo, mas incapaz de soltar um grito — por falta de coragem, por falta de energia, porque tinha de ser... Um soluço sacudiu-lhe o peito. Para ocultar as lágrimas, puxou as abas do chapéu, virou o rosto. O trem continuava a galopar, sacolejando os corpos. Os campos inundados de luar passavam numa visão branca. E, de repente, Armando sentiu um bem-estar. Ia a caminho da casa, tinha menos quatro anos. Era tarde, o pai ralharia, mas a mãezinha lá estava à espera, com o fogareiro de espírito, para aquentar o café.

— Boa noite, mãe.

— Meu filho, baixo. Olha teu pai. Por que veio assim tão tarde? E suado, com este frio da noite!... Não vás apanhar uma constipação.

Oh! A sua mãezinha. Então sentava-se, contava-lhe tudo, o sonho que tivera, o seu abandono, as dormidas ao relento, as infâmias, os engates no jogo, tudo por má cabeça...

— Má cabeça tua, meu filho. Mas tu tens tua mãe. Vai dormir, anda, vai descansar. Descansa que eu te arranjo tudo. Não há pedido de mãe que Deus não ouça.

Então ele sentia-se ainda mais pequeno, cheio de vontades. Queria uma roupa nova, um par de botas, chocolate. Gostava tanto de chocolate! Ele pedia, ela prometia chorando. E assim os dois, a velha é que o deitava, que o cobria com a colcha limpa.

— Dorme, meu filho, dorme.

E ele dormia, dormia tão bem na sua cama, ao lado de sua mãe, na sua casa! Dormia bem mesmo, muito, sentindo o prazer indizível de estar dormindo.

De repente, porém, sentiu um estalo no ouvido. Acordou. O vagão estava cheio. Era de madrugada. O trem voltava cheio de operários. A manhã nascia lavada e cor de pérola. Os artífices bulhentos tinham resolvido acordá-lo, e um da roda, todo a gingar, com ar de desafio e de troça, batia-lhe palmas junto ao ouvido.



Armando ergueu-se, encarou-o.

— Estou incomodando, cidadão? — chalaceou o outro.

O pobre rapaz recalcou a cólera, sorriu.

— Não, até me fez bem... Tirou-me um sonho!

E foi para a plataforma do vagão olhar os últimos vestígios de uma das suas noites. Que havia de fazer agora? O mesmo que fizera antes, a mesma miséria, a mesma infâmia, o mesmo horror. Nossa Senhora! Mas não haveria meio de ganhar a vida, de comer, de dormir, de viver? Não haveria quem tivesse piedade da sua atroz agonia?...

Sentou-se na escadinha, acabado. O trem continuava a galopar pelos campos dourados do sol nascente. A natureza abria em flor, ao beijo da madrugada. Uma corrente pendia entre o vagão em que estava e o outro vagão. Inconscientemente estendeu a mão. Seria tão interessante pegá-la. Mas custava. Tudo no mundo custa. Estendeu mais o corpo, quase deitado, estendeu mais. O corpo falseou, pendeu. Quis salvar-se, numa súbita e desesperada angústia. Com os pés enlaçados na grade, ainda conseguiu prender as mãos nos para-choques. Mas um solavanco desprendeu-o. O corpo caiu. As rodas do outro vagão esmigalharam qualquer coisa. O trem continuou na luminosidade da manhã. E ninguém do trem reparou naquele fim de vida tão desconsolada, sob o calor do sol que começava...

# Uma mulher excepcional

*A Forjaz de Sampaio*



Está a brincar!

— Sério. É irrevogável. Preciso um pouco de ar, um pouco de descanso, de repouso, de sossego. A vida desta cidade ataca-me muito os nervos…

Era no salão de Irene de Souza, o salão em que a esplendida atriz fundira o confortável inglês com o luxo do antigo, espalhando entre os divãs fartos da casa Mapple, bergeres[163] mais ou menos autênticas do século xviii, contadores[164] do tempo de Carlos V e, por cima das mesas, por cima dos móveis, nos porta-bugigangas de luxo, marfins orientais, esmaltes árabes, estatuetas raras, fotografias com dedicatórias notáveis. Irene de pé, diante da secretária, sorria, estendendo-me as duas mãos finas, nervosas, enquanto os seus dois grandes olhos ardiam mais loucos e mais passionais.

Irene de Souza! Que legenda e que beleza! Os seus inimigos asseguravam-na apanhada como criada de servir perto de um quartel para os lados de S. Cristovão; outros diziam-na filha de uma família muito distinta do Sul. Ao certo, porém, ninguém sabia senão aquela aparição brusca no teatro, bela como a Vênus de Médici, a arrastar nos decadentes tablados cariocas vestidos de muitos bilhetes de mil, criados pelo Paquin e pelo Ruff. Não era uma pequena qualquer. Era a bela Irene de Souza que queria ser a boa, a humilde, a simpática, a talentosa Irene. A crítica fora jantar a sua "vila" de Copacabana, onde Irene, ao nascer do sol, num regímen essencialmente esportivo, fazia duas horas de bicicleta e sessenta minutos de natação. E a crítica suportara o seu companheiro Agostinho Azambuja, empreiteiro, rico, casado; a crítica elogiara Irene, e de chofre todas as atrizes, todos os cabotinos sentiram-se diminuídos lendo no cartaz, em grossas letras, o nome de Irene *en vedette*, de Irene repentinamente *footlight*. Ela continuava tão boa, porém tão amiga, tão simples, tão séria... Tão séria? Deram-lhe todos os amantes imagináveis em vão, e por vingança afirmaram que os seus dentes, como os seus sapatos, eram feitos em Paris; emprestaram-lhe instintos perversos, e foi célebre a frase de um jornalistinha desprezado: "De pé é a Vênus de Médici, deitada é a Vênus Andrógina". Mas Irene mostrava o claro fio da dentadura com uma despreocupação tal, tratava tão camarariamente os homens que a calúnia tombou.



De resto, Agostinho Azambuja tinha uma confiança muito elegante. A lenda era que esse homem vulgar, possuído de uma paixão devoradora, agarra uma pobre rapariga no mais reles alcouce e fizera-a uma obra sua para dominar a cidade, uma mulher perfeita, falando quatro ou cinco línguas, conhecendo música, vibrante de arte e de elegância que é a arte de ser sempre a tentação. Mas a paixão, o ciúme, esses paroxismos fatais de quem quer muito bem, Azambuja encobria-os numa serenidade de bom-tom, talvez mesmo para Irene, deixando-a sair só, não lhe perguntando nunca donde viera, recebendo na própria casa os apaixonados que a ela poderiam ser úteis para o reclamo, colocando-a numa posição verdadeiramente superior, sem esquecer o lado prático, porque lhe assegurava o futuro, comprava-lhe casas, joias. No dia em que correu ter o Azambuja presenteado Irene com uma baixela de ouro lavrado, herdada do avô, um vago judeu argentário, as mulheres tiveram a certeza da superioridade da rival, e foi notada a resposta do Azambuja a Etelvina, primeira ingênua[165] casada e adúltera da companhia:

— Minha filha, já não estou na idade de satisfazer os caprichos de uma mulher. A Irene quem a fez tal qual é fui eu. Vivo do orgulho que ela me dá. É o meu chique.

— E se o trair?

— Tem bastante espírito para o não fazer, e lucrarias mais se fosses sua amiga.

Mas isso é que ninguém concebia: a Irene sem enganar o Azambuja. Afinal, era uma rapariga de vinte e cinco anos, um verão ardentíssimo, uma beleza que chamava paixões! Muita vez no seu camarim, forrado de seda cor-de-rosa, faziam-se comentários.

— Mas não ama o velho Agostinho?

— Está claro que não o posso amar como Julieta a Romeu. Há uma grande diferença de idades. Mas respeito-o e sou-lhe grata. É quanto basta. Eis a razão por que resisti a princípio e hoje sou invulnerável.



— Francamente?

— Deve compreender que seria muito parva se fosse perturbar a minha vida e a beleza que vocês proclamam com uma paixão. Ora, só a paixão poderia influir. Essa não vem, não vem, e não virá nunca. Conheço os homens.

De fato, tinha razão. Como o seu sorriso tornava-se cortante, as narinas palpitavam e com o seu ar de Diana à caça, ela permitia-se abraços e beijos com as companheiras, mais falsas que a onda, logo se formou irrevogável a legenda.

— Irene? Amantes não… A Irene procura alguém de quem o Azambuja não tenha ciúmes. Lembrar-te da frase do Gomide?

A legenda foi mesmo tão espalhada que súbitas ternuras apareceram, e alguns camarotes eram insistentemente ocupados pelas mesmas damas nas noites das suas representações, e vários convites surgiram para tê-la na companhia de senhoras bem cotadas.

— És uma criatura imperfeita — disse-lhe eu um dia.

— Por quê?

— Porque não amas o amor. Lembra-te dos versos do Poeta:

*Que os vossos corações aprendam a viver, Amando o amor, amando a perfeição,*
*A perfeição da alma que nos traz o prazer Supremo e a suprema ilusão!*

Ela suspirou, tristemente.

— Se é assim? Que hei de eu fazer? Mas que romântico, Deus!

E todos nós, jantando nas suas pratas, escrevendo a respeito do seu talento, tínhamos aceitado o caso como definitivo. Até Irene mesmo, mostrando predileções excessivas, parecia sossegar com a esquisita calúnia e mostrava uma alegria, uma imensa satisfação na vida. De modo que aquela partida brusca, após o seu último sucesso agradável numa comédia inglesa, era de desnortear. Ao saber

a resolução pelo velho Azambuja na rua, eu tomara um tílburi[166], interessado como diante da saída de um ministro, e estava ali, interrogando-a, no meio da desordem do salão, onde havia malas, chapéus, plumas, e um intenso cheiro de heliotrópio[167].

— Mas por que partir, Irene?

— Porque é preciso.

— Uma briga com o Azambuja? Não? Aquele ataque da Suzana Serny? Também não? Então? Querem ver que afinal tem uma paixão?

Irene sorriu, no seu quimono rosa, guarnecido de uma leve renda antiga.

— Paixão? Sabe o que estava a fazer, quando entrou? Estava a limpar a secretária, a rasgar declarações amorosas e a atirá-las para este cesto. Tudo quanto está vendo nesta secretária, tudo quanto vê neste cesto — é paixão!

Recuei assombrado. Nunca tinha visto tanta paixão reunida e um sorriso tão destruidor nos lábios de Irene.

— Oh! Não se assuste! Essa paixão é uma das faces do meu amor ao teatro. O Azambuja sabe e, às vezes, lê as cartas comigo. Guardo os artigos de jornal num álbum e a chama amorosa na secretária. Algumas ainda não li, mas foi por falta de tempo...

— Cruel!

— Oh! É lá possível ler tudo quanto a tolice humana escreve? Recebo as cartas de bom humor porque é impossível zangar, e acabo considerando-as a homenagem anônima, uma espécie de palmas num teatro cheio. Quer lê-las?

Uma ansiedade invadiu-me.

— Irene, nunca amou? Francamente? Posso ler todas, todas?

— Todas — fez ela. — Sem receio. Divirta-se! Vou mandar fazer um pouco de chá, feito da flor, enviado diretamente da China para um inglês rico que me adorou em vão.

Ergueu-se. Houve um deslocamento de perfumes. A meus pés o cesto abria a face abarrotada; diante das minhas mãos a secretária escancarava-se. Hesitei, olhei-a, não resisti. 

Ah! O estranho capítulo de psicologia, a descrasiante página de análise! Daquela papelada subia como uma fúria de paixão, de doença, de loucura. Havia mais de quinhentas cartas, havia mais de mil postais e nesses quadriláteros de papel ardia um arco-íris passional desde a chama roxa da melancolia à chama rosa do amor precoce. A primeira carta que abri tinha ao canto um passarinho voando, e começava assim: “Dona Irene, queira desculpar, ao receber estas mal traçadas linhas que lhe envio do internato. Tenho quinze anos e vi-a ontem. Como é bonita!”

— Conheceu?

— Nunca o vi. Pobre pequeno! Do seu primeiro amor não guardará ao menos más recordações.

— Cá tenho outro: “Senhora. As horas fogem e a esperança fica. Quem a chamou de feia e a senhora não sabe quem é.”

— Quantos nestas condições! Vá vendo...

Eu ia com efeito vendo. Peguei de outro: "Adeus, flor da minha vida! E que nas outras cidades deixe os mesmos corações despedaçados. — Maníaco."

— Este se confessa maluco!

— O que não fazem os outros...

Mas as tolices, os gritos de paixão, que são sempre ridículos, não acabavam mais. Eu lia versos, lia pensamentos patetas, via toda a palpitação ingênua do coração dos homens; ameaças de suicídio, ofertas de dinheiro, descrições de vida futura, pedidos de uma humildade de rafeiro[168], agonias com erros de português, máximas idiotas e generosas: "A amizade da mulher tem um encanto mais suave do que a do homem: é ativa, vigilante, terna e durável!", graças nevrálgicas de palhaço amoroso. Deus! O amor, que dolorosa moléstia... Eu não sei por que um nervosismo incompreensível fazia-me trêmulos os dedos, eu procurava com ânsia, humilhado, espezinhado, como se fosse responsável por todas as sandices do meu fraco sexo.



— A carta anônima é às vezes melhor do que a carta de amor!

— Sabe que teve um pensamento?

— Como os que acabou de ler?

— Não, um pensamento diamantino.

— Pois venha tomar chá.

A criada servia, com efeito, o chá num lindo *tête-à-tête*[169] de porcelana com guarnições *en vermeille*[170]. A encantadora Irene parara; os seus olhos pareciam levemente inquietos. Eu continuava a remexer a secretária. Uma das missivas era enorme. Abri-a. "Peço a V. Ex. que me perdoe a ousadia, e, genuflexo, reclamo o seu carinho para os queixumes de um coração sofredor. Não sei fazer poesia, sou imensamente avesso às flores de retórica e suponho que não me igualarei ao gorjeio dos rouxinóis ou às asas das borboletas inquietas..."

— Basta! Basta! — fez Irene, tapando os ouvidos.

— É a paixão.

— Venha antes tomar chá. Olhe a frase de Ibsen, na *Comédia do Amor*: o amor é como o chá. Bebamo-lo!

— Ah! Minha querida! Como os homens são idiotas! Essa mania de escrever cartas de amor é bem o sintoma de inferioridade. Se eles soubessem o fim das suas letras e o pouco caso que delas fazem as mulheres. Ainda não tive amante que com ela não rasgasse as cartas dos que me tinham precedido.

— Era uma afirmação de que pelo menos no momento não o enganavam.

— Quem sabe?

Ela sorria com a chávena na mão. Era realmente bela. Toda de rosa, naquele quimono de seda, lembrava uma flor maravilhosa, uma flor de lenda, inacessível aos mortais. Eu compreendia a futilidade, a tolice, a miséria lamentável dos homens, diante da sedução de Vênus Vingadora, da Vênus que não se entregara nunca, e era honesta sem amantes, sem crimes, sem calúnias...

Mas por que ia ela para a Europa? Por que me humilhava com 
aquela intimidade de correspondência aberta? Por quê? Os meus dedos encontraram uma gaveta. Abri-a. Nunca a linda Irene de Souza amara um homem! Era honesta, era o polo do desejo! Ah, não... várias cartas. Apanho uma ao acaso. Um selo italiano. Tirei-a do invólucro: "Cruel. Hei de matar-te se alguma vez te encontrar a jeito. Não me quiseste e eu peno, peno há cinco anos. Conto que ainda hei de ver o teu sorriso indiferente, ó 8, ó 8, oitavo do século, no mesmo lugar. Preciso muito..."

Não continuei.

— E olhe que tem também um doido.

— Palavra?

— Um sujeito que está na Itália, ao que parece. Fala do número 8, chama-a cruel.

— E eu que ainda não tinha lido! Com efeito. É curioso. E assina-se César! Não faz coleção de selos? A filatelia está em moda.

— Como todas as parvoíces inofensivas. Ainda lá não cheguei.

Depois, parei. Ela estava preocupada, séria, um tanto fria talvez. Decididamente aborrecia a bela Irene de Souza. E era de compreender. Irene preparava a sua partida, desejava estar só. Curvei-me.

— Adeus, então. Seja mais humana lá fora.

— Eu? Com os espias e as agências de informação pagas pelo Azambuja? Da última vez que estive em Paris, Azambuja mostrou-me um *dossier* tão copioso que eu pensei no *Affaire Dreyffus*[171]. Qual, meu amigo, sou invulnerável. E rindo alegremente: já se vê que *pour cause...*

Saí varado, porque afinal não há nada mais impertinente do que encontrar realmente honesta uma mulher que não tem o direito de o ser, e indo pela Avenida Beira Mar a matutar naquela criatura excepcional encontrei o velho Justino Pereira, a passear também.

— Poesia?

— Não, ideias. Venho da casa da Irene.

— Boa pega!



— Oh! Não, um espírito prático, incapaz de amar. Mostrou-me verdadeiras cascatas de cartas de amor.

— As mulheres nunca mostram todas as cartas. É o seu grande trunfo.

— Velho cético!

— Mesmo porque há cartas que os maridos e amantes podem ler, cartas desvairadas, sem sentido... Que cara a tua! Pareces criança. Pois meu tolo basta uma combinação prévia, basta uma chave do sentido oculto. Por exemplo: Hei de matar-te. Tradução: Não deixes de vir. Peno há cinco anos. Tradução: Preciso de dinheiro.

— Ora, o fantasista! Não me vá dizer que a Irene tem amantes.

— E se disser que tem mesmo uma espécie de gigolô, a quem sustenta?

Indignado, como se fosse uma questão de honra pessoal, estaquei.

— Sr. Justino Pereira, nada de calúnias. Irene está acima de maledicência. O senhor calunia e é pelo menos incapaz de nomear o tal gigolô.

— Oh, filho — fez Justino a sorrir. — Soube-o por um acaso, não tenho que guardar. É até um lindo rapaz, corpo de esgrimista, olhos devoradores. Nasceu em S. Paulo, chama-se Vitorino Maesa e partiu há dois meses para a Itália.

Como me visse pálido, aturdido, sem saber o motivo daquela emoção, sem saber que como um imbecil eu tivera a carta na mão:

— Estás apaixonado? Contrariei-te? Todas as mulheres são excepcionais quando se lhes quer prestar atenção. Mas no mundo não há uma que não tenha um segredo simples, que lhe mostra um reverso inteiramente diverso da aparência...

E desatou a rir enquanto eu esforçava-me por fazer o mesmo.

# A mais estranha moléstia

*A Afrânio Peixoto*



Era o momento verde, o momento do aperitivo outrora absinto[172], hoje uma série de envenenamentos de cores variadas e de nomes ingleses, a que a leve estética sem inventiva dos cafés e das confeitarias continuava de chamar sempre o momento da água glauca. Por hábito, sentara-me a uma das mesas do terraço de confeitaria, os olhos perdidos na contemplação da Avenida, àquela hora vaga tão cheia de movimento e de ruído. No asfalto da rua era a corrida dos carros, apitos, trilos, largo bater de patas de cavalos, chicotadas estalando no pelo das magras pilecas[173] dos tílburis, carroções em disparada, cornetas de automóvel buzinando arredas[174], gente a correr, ou parada nos refúgios, à espera de um claro para poder passar, o estrépito natural do instante, à hora da noite nas cidades. Nas calçadas uma dupla fila de transeuntes sempre a renovar-se, o cinema colossal de homens das classes mais diversas, operários e dândis, funcionários públicos e comerciantes, ociosos e bolsistas, devagar ou apressados ao lado de uma multicor galeria de mulheres, a teoria infinita do feminino para todos os gêneros: pequenas operárias, *cocottes* notáveis, senhoras de distinção, meninas casadeiras, simples apanhadoras de amor. As sombras, a princípio de um azul furfuráceo[175], depois de um cinza espesso, iam preguiçosamente espalhando o veludo da noite na silhueta em perspectiva das grandes fachadas. À beira das calçadas, a pouco e pouco os pingos de gás dos combustores[176] formavam uma tríplice candelária de pequenos focos, longos rosários de contas ardentes, e era aqui o estralejamento surdo das lâmpadas elétricas de um estabelecimento; mais adiante, o incêndio das montras[177] faiscantes, de espaço a espaço as rosetas como talhadas em vestes de arlequins dos cinematógrafos, brasonando[178] de pedrarias irradiantes as fachadas. Ah! Os contos de fadas que são as cidades! Os meus olhos se fixavam na confusão miriônima das cores, vendo em cada roseta um caleidoscópio, sentindo em cada tabuleta o sonho postiço de um tesouro de Golconda, a escorrer para a semiopacidade da noite, cascatas de rubis, lágrimas de esmeraldas, reflexos cegadores de safiras, espelhamentos jaldes[179] de topázios, e eu recordava outras cidades, outras casas, o eterno *boulevard*, suprema orquestração do bom gosto urbano. Que fazer? Os meus olhos descansaram na multidão. 

Algum tempo depois reconheci, como tendo perdido alguma coisa, os olhos à procura, o nariz ao vento, o delicado Oscar Flores, um ente muito fino, muito sensível, do qual diziam horrores e que de resto parecia ter na alma um fatigante segredo. Os segredos fizeram-se para ser contados. Tudo vai de ocasião. Que estaria Oscar Flores, com a sua palidez e as suas lindas mãos, a procurar assim? Esperei alguns minutos olhando a ver se via a causa daquela aflição e por fim, quando o jovem se resolvia a continuar, chamei-o ruidosamente. Ele voltou-se, como se fosse apanhado em flagrante. Estava visivelmente contrariado.

— Vem daí tomar um aperitivo.

— Não, obrigado. Tenho que fazer.

— Pois se já perdeste a pessoa a quem acompanhavas?...

— Viste? — fez ainda mais pálido.

— Vi, isto é, sossega, vi que procuravas alguém.

Ele teve um suspiro, deixou-se cair na cadeira. Já agora tomava um *cocktail*. O seu caso porém era outro. E fechou-se num silêncio nervoso, cortado de sobressaltos, alheado de mim — o seu habitual silêncio em todas as rodas, como sempre à espera de um sinal misterioso para partir e desaparecer. Olhei-o então com vagar. Era encantadoramente lindo com o seu ar de adolescente de Veroneso, a pele morena, o negro cabelo anelado. Como devia ser feliz assim rico e belo, com a sua bengala de castão de turquesa, a gravata presa de um raro esmalte, a atitude inquieta de um príncipe assassino e radiante, o Oscar Flores! E falavam tanto mal dele! Disse-lhe, íntimo e confidencial:

— Então, Oscar, onde estás? É por isso que te caluniam...

— Ah — tornou sorrindo —, ainda falam de mim?



— Cada vez mais. És o *leitmotiv* da falta de assunto. De resto, há sempre na voz do povo um pouco de razão. Estou a acreditar que realmente tens um segredo. Ora, os segredos deixam-se para as mulheres e para os homens sem interesse, os homens vulgares...

— Mas não tenho segredos — protestou cansado. — Tenho apenas a mais estranha moléstia nervosa, que ninguém sabe. Curioso, hein? Diante de mim toda a gente sente a anormalidade, outra esfera, outra vibração. Que será? Os mais espessos, e dessa espessura intelectual se faz a opinião da massa, pensam logo nas degenerações normais, no centro das loucuras que é a cidade. E não é nada disso, é outra coisa, é a minha moléstia. A existência concentro-a nela, no desejo de domá-la e na irresistível vontade de satisfazê-la. Tenho estudado, tenho lido, tenho feito observações a ver se encontro outro tipo igual. Absolutamente impossível.

Tomou um gole de *cocktail* com evidente prazer, sorriu mais acalmado.

— Todos pensam que é um segredo porque ninguém imagina. E eu sofro desde criança. A princípio, na mais tenra idade, apareceu como escandalosa precocidade; até a adolescência o tive como um crime horrível, castigo e prazer do pecado. Com a razão, porque eu sou um sujeito muito razoável e muito refletido, vim a descobrir que era um desequilíbrio dos sentidos, a exaltação lírica, o desenvolvimento assustador de um dos sentidos, capaz de dominar os outros, submetê-los e virar aos poucos em fonte de todos os prazeres, em único foco das sensações agradáveis, em tirano da impalpável luxúria.

"Já decerto conversaste com os artistas jovens, os que falam na realização da arte, no ideal que jamais se corporifica e é na nossa alma como o perpétuo sonho irrealizável. A minha moléstia, o meu desequilíbrio, o império de um único sentido no meu organismo e nesta sensibilidade caldeado numa ascendência de requintados, deu-me da vida íntima uma prévia noção incorpórea, deslocou-me para um mundo de fantasia exasperante, fez-me o lascivo da atmosfera, o gozador das essências esparsas, o detalhador do imponderável, o empolgado da miragem da vida."

Emborquei tranquilamente o veneno que me tirava o apetite, e murmurei:



— Meu caro Oscar, tenho uma profunda simpatia por ti, em primeiro lugar porque és belo, em segundo porque tens espírito, em terceiro porque nem a beleza nem o espírito conseguiram reduzir-te à atroz banalidade de ser totalmente feliz. Daí o poder ouvir sem comentário todas as narrativas lindas com que me queres honrar. Esse teu desequilíbrio é de fato de uma psicologia muito sutil, muito trabalhada.

Oscar teve um gesto de impaciência.

— Quando digo! É tão inverossímil que ninguém acreditaria. Entretanto tens diante de ti o homem que analisa o seu tormento e não lhe resiste. Sabes que é o sentido soberano? O olfato, apenas o olfato. Sou como o escravo, o ergastulado[180] do cheiro. Tudo é cheiro. É o cheiro que guia, repele, atrai, repugna, o cheiro é o condutor das almas. As nossas impressões são filhas do cheiro que atua como a luz e muito mais porque há cegos e não há ser vivo que não respire e não sinta o cheiro. O cheiro plasma, porque está no ambiente. Os caracteres dos homens são feitos de essências, as profissões dão aos entes certos e determinados cheiros. Vive oito dias numa casa de perfumes ou no *boudoir*[181] de uma mulher galante, e as tuas ideias tomam o aspecto de ideias com pó de arroz, de ideias efeminadas, *made expressly*[182]para uma certa roda pueril. Sente o cheiro dos marinheiros, com o cheiro do mar e três ou quatro escalas de cheiros de óleos refrescados pela viração larga. Um homem sensível não pode viver muito tempo nesses lugares porque o cheiro permanente dá-lhe como uma continuidade da visão oceânica e um estado trepidante que lembra a vagabundagem de grandes navios por mares ignotos. A alma dos entes revela-se pelo cheiro. A das coisas também, só pelo cheiro. Conheço os interiores das casas, o gênero, a classe das pessoas que as habitam pelo cheiro, como de olhos fechados dir-te-ei a casa vazia apenas aspirando-a. Posso mesmo dizer-te que cada cidade tem um cheiro próprio, e que eu os sinto ao aproximar-me, ao saltar no desembarcadouro, cheiros que conseguem dar a impressão geral dos habitantes, cheiros honestos, cheiros voluptuosos, cheiros de seio...



— Mas, realmente, é delicioso.

— É atroz.

— A hiperacuidade de um sentido dirigida com estética. És o homem dos perfumes.

— Não me fales de perfumes, do perfume com a significação normal de extrato fabricado para o mercado. É outra coisa. Sou a vítima do cheiro. Para mim não há cheiros repugnantes, há cheiros desagradáveis. Tenho a sensualidade dos cheiros os mais diversos, do cheiro da terra, do cheiro da erva, do cheiro dos estábulos e do cheiro das rosas. Como comecei a sofrer desse desenvolvimento paroxismado do sentido olfativo? Sei lá! Não foi o perfume, foi a extensão vasta dos cheiros que não são perfumes. Em criança, antes de levar qualquer gulodice à boca, instintivamente cheirava-a de olhos cerrados, para sentir bem e prelibar deliciosamente o prazer de degustá-la. Depois, quando me tomavam ao colo, ao beijar-me, achava sempre meio de cheirar, de aspirar as pessoas agradáveis. Cada pessoa tem um cheiro diverso. Na minha infância, a perversão — sê-lo-á de fato? — surgiu ensinando-me todo o pecado. Gostei da carne porque cada nuca é um pouco do olor da natureza, e há bocas que são como orquestrações de odores. Ah! Esse tempo ainda ingênuo, esse tempo instintivo... Eu me envolvia nas roupas brancas que as raparigas já tinham usado, pendia para as cabeleiras com tal ânsia aspiradora, tinha uns modos tão pouco normais que a família se assustava e as raparigas achavam uma infinita graça. "Ah! Que pequeno vicioso!", elas diziam convencidas de que eu gostava apenas do cheiro das suas roupas. Não era, porém. A minha nevrose olfativa se acentuava cada vez mais, cada dia mais com caráter desabridamente sensual, e já rapazola, não distinguia o que me poderia conceder o prazer: a erva molhada, o cheiro dos estábulos, um cheiro de nuca, um cheiro de corpo, e já começava a sentir as cruciantes necessidades de certos cheiros, que eram tão violentas quanto a fome ou o amor. Então era preciso alhear-me, deixar a roda dos conhecidos, sair por aí a ver se descobria o cheiro que eu precisava, o cheiro que não sabia qual era, mas devia tranquilizar-me.



— Tinhas a obsessão de um cheiro nunca sentido?

— Exatamente. Ainda era romântico e até os dezoito anos tentei com um pouco de literatura e alguns conhecimentos químicos, o prazer dos perfumes, dos cheiros artificiais. Arranjei catálogos, estudei longamente, tive baterias de perfumes em frascos de cristal, fiz como todo sujeito lido em livros franceses, a sinfonia dos perfumes, a alegoria dos perfumes, a pintura sugestiva dos perfumes, combinando essências, renovando as camadas de ar do aposento com pulverizadores cheios de misturas sábias ao lado de incensários a queimar olências exóticas. Era perturbador e era irritante. O meu olfato desejava, tal as marafonas que a sorte eleva ao grande luxo, excessos de natureza, virilidades de ambiente. Esses perfumes que as mulheres usam, esses perfumes com que vocês se civilizam e se friccionam são ignóbeis. Na composição química da enorme quantidade por mim aspirada senti apenas que poderia fazer um catálogo, dividindo em classes de almas a diversa temperatura: perfumes quentes, semioleosos, perfumes tépidos, perfumes frios. Os perfumes de Haubigant dão sempre a impressão de calidez, de calor opressivo. Os ingleses e os americanos fazem-nos frios, desses que a gente ao aspirar pensa em águas geladas e madrugadas hibernais. Meia dúzia de refinados franceses conseguem a meia temperatura, evolando-se lentamente. E há também os medíocres, os reles, os que lembram montras de em blefes de luxo e de conforto, elegâncias por todo o preço de armazéns duvidosos.

"Quer uns quer outros, entretanto, acabaram por me fazer mal, dores de cabeça, apertões nas têmporas, uma impressão angustiosa de acachapamento. Mas era muito artista. Um amigo, de volta do Oriente, trouxe-me então uma coleção de perfumes. Eram maravilhosos. Andei doente e morno, com uma alma de serralho[183] e de mel por aspirar um frasco de essência de rosas. Esses perfumes entravam-me no crânio como estofos bordados de pedraria, como broqueis encrustados de gemas coruscantes. Deixavam-me sonambúlico, com frases de antifonário[184] e sonhos de rosas de Shiraz, de Kernar, de Kashmir. Vi então que a minha doença não amava as concentrações mais ou menos industriais."



— Príncipe encantador, havia as flores...

— Sim, as flores, amei as flores, tateando na sombra do mal. As flores são as caçoulas[185] dos perfumes naturais. A natureza condensa nelas o olor das suas paixões, a alma dos seus desejos, as recordações das tonturas, de frenesis ou de grandes repousos celestes. Não sorrias. O que eu sinto não o dizem palavras. É preciso descobrir frases prismáticas como certos cristais e vê-las à luz do sentimento, que percebe para além das coisas visíveis. Os deuses gostavam de perfumes; o perfume exorta e exalta. Porque lisonjear os deuses com perfumes, se não tivéssemos a ideia do sacrifício, do grande pecado da natureza, que ele representa? Há flores cujo perfume é cínico, outras cujo cheiro é banal, outras cujo olor se celestisa, outras ainda que nos dão desesperos de carne. É possível ter à lapela uma gardênia sem sentir cefalalgias[186] horas depois? É possível cheirar certas rosas sem odiá-las?

— Mas, meu querido, procuras apenas pretexto para dizer coisas infantilmente interessantes. Olha que antes de ti outros estetas falaram... Odiar as rosas!

— Sim! Odiá-las. Há flores carnudas, as rosas rosas, as rubro-negro como sangue coagulado, que a gente aspira, absorve o odor, cheira, cheira, e depois estraçalha com ódio porque prometem mais do que dão, porque deixam em meio o gozo, não nos completam o prazer anunciado pelo cheiro. Ah! Essa aflição que dá aos sentidos o cheiro de algumas flores, as violetas, cujas emanações são como sons de violino em noites de luar, as tuberosas, crispantes de cio, as rosas chá que cheiram como carnes morenas, o resedá, a flor do resedá que o Fezensac cantou idiotamente num trocadilho e que entretanto guardam um frio e exasperante odor de gérmen fecundante, cheiro de marfim raspado... E, para notares a correspondência de cheiros idênticos nas coisas mais diversas, a flor que cheira a marfim, é também, cheiro resumo do cheiro inicial da vida, irmão odor do odor da semente criadora, estranhamente perdido entre as ervas... 

Oscar caíra num abatimento. Eu começava a temer o delírio.

— Então, se não amas os perfumes que te fazem mal, se odeias as flores que te exasperam, em que consiste o desproporcional domínio do olfato sobre os teus sentidos? É decerto um estado de anemia, uma grande fraqueza que te adoece e te faz sensível aos odores. Não amas os cheiros, temes todos os cheiros desde que eles se especializam, se individualizam.

— Ao contrário — fez, de novo animado —, ao contrário. Tenho entre mim e a vida comum um como véu de talagarça[187] espessa. E tudo quanto na vida se faz, eu sinto pelo cheiro, pelos cheiros, como um "setter"[188] humano, amarrado à corrente da conveniência. É a existência de miragem olfativa, uma existência em que os cheiros visionam ambientes, descrevem as almas dos tipos que me rodeiam, dão-me sensações de cor, porque há odores de todas as cores; de sons, de músicas, porque cada cheiro é como um som diverso e o cheiro da baunilha é bem uma nota abemolada diversa do cheiro do cravo vermelho, esse sustenido de clarim; de gosto, porque os cheiros têm gosto; de excitação, porque todos os sentidos calcados por tamanha acuidade vibram a arcada furiosa de um desejo incompreensível, perpétuo, demoníaco, no meu pobre corpo. Oh! Não estejas a olhar para mim assim irônico. Há uma íntima correlação entre as sensações do homem normal, que o faz amar a harmonia das coisas e o faz pensar na beleza esplendente. Quando ele ama e sente assim, na floração da arte, que é o arrimo da vida, minhando o seu pensamento sutil e vaga essa misteriosa afinidade, entrelaça os sentidos, para que o homem sinta numa curva de anca a música das linhas, na carne de uma espádua o perfume da rosa, no entreabrir de um lábio o sabor dos frutos, na criatura que se desnuda o bruto. Desejo cego, caos das sensações... Quando é como eu, porém vítima de um só sentido, morbidamente absorve os outros e leva louco, no delírio perpétuo, a tentar reaver a harmonia.

— Daí...

— Daí — fez Oscar afastando nervosamente o em meio —, daí para a minha sensibilidade compreender que a natureza é inconsciente, que todos esses perfumes elas os espalharam brutalmente, desvairadamente, e que só um instante a razão lhe voltou, quando fazia a carne, quando criava a criatura, onde todos os cheiros da terra se encontram em suaves nuanças. O que eu amo é o olor da carne, sempre uma orquestração, uma sinfonia de recordações de outros cheiros, o cheiro das bocas, o cheiro dos cabelos, o cheiro das nucas, o estonteante cheiro das axilas... Há cabelos, sabes?, que relembram o aconchego arminoso dos ninhos dos pássaros, cabelos em que a gente se perde como num imenso oceano de olências reparadoras, cabelos musicais que fazem pensar em manacás e em magnólias, cabelos que são o tecido de todos os cheiros reconfortantes. Há carnes douradas, carnes feitas de leite e de sangue de cerejas que ao aspirá-las pensa um pobre no descanso dos bosques, em ragaes, em fraudas rústicas, em grandes abraços pagãos sobre as liras. E as bocas? Já reparaste nas bocas? Há bocas quentes e frias, bocas sem cheiro algum, e bocas que quando falam junto a ti têm um cheiro íntimo de rosa murcha, quando te beijam parecem feitas de pétalas de rosas, e quando as sugas transfundem a alma como uma essência especial que parece o mel feito de todos os perfumes dos campos. As criaturas são as ânforas da harmonia dos cheiros. Cada carne tem o seu corpo odico que é o cheiro, cada ser faz-me sentir a alma pela veste incorpórea do cheiro, desse cheiro que cada um tem próprio e jamais igual ao do outro, do cheiro que se procura para aquietar e amar…

— Realmente, com um pouco de *toilette*, cada qual faz o seu cheiro.

— Não! Não é isso. Talvez pela *toilette* e a perfumaria sejam-me indiferentes as formosas mulheres que deixam rastileos[189] de perfumes industriais e parecem feitas para os retratos de Heleu ou do Amoedo. Não as amo, porque, maceradas de essências, com os vestidos pulverizados de perfumes, a boca lavada por águas e pós brilhantes, os lábios carminados, a face empoada, são como os manequins da moda. O cheiro é a alma dos seres. Elas afogam a alma no artificial para encantar os simples, os brutais. Os meus instintos gelam-se, morrem em frente dessas baiadeiras[190] mascaradas com a máscara transparente de outros cheiros. Houve um silêncio pesado. 

— Ah! — disse eu vendo a expirar a confissão —, é grave…

Oscar olhou para mim, cândido como Adonis[191], e cansado como se sustentasse nos ombros o mundo.

— Por isso — murmurou —, procuro, é horrível!, procuro as criaturas simples, as que não se perfumam, as que ignoram o postiço ignóbil da civilização, e guardam o próprio cheiro: as crianças, as adolescências rústicas, as criaturas que saem do banho brilhando mais e cheirando mais, os que não sabem se cheiram bem porque pensam que o cheiro é a falsificação dos perfumistas. Um lindo corpo, um corpo branco, cor de leite, que tem todos os suspiros campinos das boninas, dos mal-me-queres, das margaridas, o sonho casto das violetas brancas e o anseio tranquilo, o cheiro animal de qualquer coisa que se não sabe! Um corpo moreno, feito de um raio de sol, guardando a carnação das rosas e o cheiro da lascívia!… Beijar corpos assim, aspirá-los, aspirá-los… É quando há a simpatia do cheiro, que é o irmanamento das almas. Tudo quanto toca a pessoa fica com o seu cheiro, o lenço esquecido, um pedaço de móvel. Parta ela, desapareça, cheira aquele pedaço. O poeta sensual já escreveu:

*"'Ela andou por aqui, andou. Primeiro*
*Porque há vestígios das suas mãos; segundo*
*Porque ninguém como ela tem no mundo Este esquisito,*
*este suave cheiro.'*

"E é. De chofre, à calentura do cheiro dela, uma onda de gozo nos transmuda, faz-nos reviver delícias e nevroses da gama que se acordava com o teu desejo. É a música mortal. Que digo eu? A roupa? Os trastes? Não! Basta o lábio cansado de roçar, basta o contato das mãos pelo seu corpo. Nós não conhecemos a própria alma porque não sentimos o nosso cheiro, enigmas para nós mesmos indecifráveis. O cheiro dos outros fica, impera. De volta de um cheiro amado, é cheirar as mãos e sentir o olor do amor como um velador nos próprios dedos. Ah! Não! E dizer-te que eu uma vez, há quatro anos senti esse cheiro, o cheiro do meu amor, numa criatura miserável, dizer que não me lembro das suas feições pelo muito que me lembro da completa satisfação do meu desejo, dizer que nunca mais a vi, que a procuro, que a procuro e jamais a encontro... Como queres tu que eu ouça as conversas idiotas, como queres tu que pense noutra coisa? Vou em busca do meu perfume, do perfume que amo, da urna desse sonho, do corpo dessa alma. E degringolo a razão, a moral, o respeito da sociedade, rolo o abismo dos lugares pouco distintos, dou-me a relações pouco brilhantes, aspiro todos os corpos a espera de um dia encontrar o perfume incomparável, a essência doce dessa carne de ouro."



— Curioso.

— A mais rara moléstia que ninguém sabe.

De repente, porém, os seus olhos chisparam. Ergueu-se. Sorriu.

— Espera um instante.

Sumiu-se apressado. Eu também sorri então. Não voltaria. Alguém passara que se parecera com o seu cheiro. Pobre rapaz! Talvez fosse na desvairada luxúria o grande sensual do ideal. E talvez não, talvez fosse um louco. Somos todos loucos mais ou menos. Foi então que vi serem oito horas. Como o personagem do poema, Oscar procurava novos perfumes no seu cheiro ideal e os prazeres não sentidos, sempre mais amargos e menos consoladores. Ergui-me. Já com toda a Avenida, centenas de lâmpadas elétricas acendiam a sua grande extensão no clarão da luz, "a mensageira da verdade visível"...

# O carro da Semana Santa

*A Elísio de Carvalho*



Para nós, vindos de peregrinar pelas igrejas, a luz Auer que iluminava o café era talvez desagradável. Ficáramos todos lívidos, com uma face de orgia. Sob o teto baixo, entre as mesas de mármore lustroso, os criados arrastavam os passos já meio exaustos, e como a sala fosse forrada de espelhos, velhos espelhos que reproduziam apagadamente os perfis, estávamos como num aquário, esquisitos, espectadores de uma cena em que tomávamos parte, em que nos víamos a representar noutro mundo — um mundo sem data, sem tempo, sem fim. Algumas vezes dávamos com um gesto nosso a desaparecer de súbito esburado pela falta de aço num pedaço de espelho, e era desinteressante, desoladoramente desinteressante. De resto, a noite fora curiosa. Éramos um pequeno grupo: dois homens que riam de tudo e pagavam a despesa, um menino com ares de Antino[192] viçoso, cujos princípios todos ignoravam, um poeta obrigado a ser espirituoso, dois jornalistas, eu. Havia também um homem chamado Honório. Tomávamos uma mistura repugnante de álcoois variados e tínhamos vindo cansados de dar encontrões na última igreja. A Quinta-feira Santa dissolvera na cidade a impalpável essência da luxúria e dos maus instintos. Quanta coisa de profano, de sacrílego, de horrível havíamos visto no redemoinhar da turba pela nave dos templos? Fúfias dos bairros sórdidos esmolando com a opa das irmandades para o Senhor morto, bandos de rapazes estabelecendo o arroxo junto do altar-mor para beliscar as nádegas das raparigas, adolescentes do comércio com os olhos injetados roçando-se silenciosamente entre as mulheres, e mulheres, muitas mulheres, raparigas vestidas de branco, de azul, de cores vivas, matronas de luto fechado, pretas quase apagadas em panos negros, mestiças cheirando a éter floral, com gargalhadinhas agudas, o olhar ardente, todas como que picadas pela tarântula do desejo. A dolorosa cerimônia tinha qualquer coisa da orgíaco, como em geral as cerimônias religiosas deste fim de raça, em que os instintos inconfessáveis se escancaram ao atrito dos corpos, nos grandes agrupamentos. Na Candelária, junto a uma das colunas, o rapaz que lembrava Antino tivera a lembrança de se colocar entre uma cabrocha e um alentado sujeito "para verificar o escândalo", dizia ele. Em S. Francisco, o cidadão Honório batera no ombro de uma espanhola de mantilha, apontando-lhe a porta, para dizer-nos quando já ela se sumia: "Uma nervosada gatuna de carteiras pela Semana Santa". E nós estávamos afinal, naquele café do Carceler, perto de duas igrejas a comentar a extravagância sensual da multidão.

— Fazer horrores junto ao corpo do Senhor morto! Mas deve ser uma delícia! — paradoxou o jovem ambíguo.

— Pois está visto! — gaguejou um dos desconhecidos que pagara.

Nós sorriamos, fartos de igrejas e de sacrilégios, e íamos sair, quando o cidadão Honório, que até aquele momento não falara, murmurou:

— Tudo na vida é luxúria. Sentir é gozar, gozar é sentir até o espasmo. Nós todos vivemos na alucinação de gozar, de fundir desejos, na raiva de possuir. É uma doença? Talvez. Mas é também verdade. Basta que vejamos o povo para ver o cio que ruge, um cio vago, impalpável, exasperante. Um deus morto é a convulsão, é como um sinal de porneia[193]. As turbas estrebucham. Todas as vesânias[194] anônimas, todas as hiperestesias ignoradas, as obsessões ocultas, as degenerações escondidas, as loucuras mascaradas, inversões e vícios, taras e podridões desafivelam-se, escancaram, rebolam, sobem na maré desse oceano. Há histéricas batendo nos peitos ao lado de carnações ardentes ao beliscão dos machos; há nevropatas místicas junto a invertidos em que os círios, os altares, os panos negros dos templos acendem o braseiro, o incêndio, o vulcão das paixões perversas. A Semana Santa! Tenho medo desta quinta-feira. Para quem conhece bem uma grande cidade, esse dia especial sem rumores, sem campainhas, é um tremendo dia em que os súcubos[195] e os íncubos[196] voltam a viver. Até as ruas cheias de sombra parecem incitar ao crime, até o céu cheio de estrelas e de luar põe no corpo dos homens a ânsia vaga e sensual de um prazer que se espera.



Às palavras do cidadão Honório fizera-se em torno um expectante silêncio O homem era pálido, de uma palidez bistrada. Estava vestido de preto e a sua mão exangue tinha no dedo mínimo como a quebrá-lo um negro morcego de aço prendendo entre as garras o turvo brilho de uma opala. Só então reparamos que não ria e talvez assustasse almas menos céticas. Ele, de resto, após uma pausa, continuou sem que lho pedissem.

— Oh! Sim! Tenho medo desta quinta-feira porque vocês veem o vício aparente, o vício às claras, o vício que os jornais não noticiam apenas em atenção ao arcebispado. Eu vi o vício que se não vê e dá o calafrio do supremo horror, o vício misterioso e devorador rodando em torno das igrejas. Ha três anos acompanho-o. Ainda agora, ao sairmos da Candelária, lá estava ele na praça, fatal, definitivo, cruel, esperando...

Aquela confissão era a de um doente. O pequeno Antino abriu a polpa carnuda do lábio num sorriso de flor que desabrocha.

— Honório, que vício é esse? Fale. Morremos de curio-sidade.

— O vício que ninguém vê? Conta lá.

— É o carro da Semana Santa.

— O carro? — regougou[197] um dos cavalheiros — É boa, é muito boa!

— Quem sabe? — fez Honório pensativo. Depois, num repente: — Há três anos, quinta-feira de endoenças[198], resolvi sair à noite. Não deveria ter saído. Neste dia a cidade visita igrejas. Além das igrejas só a impressionam as confeitarias com os seus balcões de bombons e os botequins. Saí, entretanto, assim de preto, com um fraque idêntico. Estive numa confeitaria, hesitei alguns minutos, e afinal, como estivesse no largo da Carioca, comecei a subir para a igreja da Ordem 3ª.

"Ia inconscientemente quase. Ao deixar a confeitaria, tinha o vago desejo de ver se encontrava qualquer coisa de interessante, e estava ali, de repente, com vontade de uma perversão qualquer, com o instinto de qualquer coisa de bem baixo, de bem vil, de bem indigno, em que refocilar o meu temperamento à solta. Talvez as luzes trêmulas, aquela gente que subia devagar e descia depressa, o cheiro de suor, de perfume barato, de cosméticos e de cera, o roçar da canalha, o contato do meu corpo com outros corpos, peles de mãos ásperas umas, algumas macias, sugestionassem os nervos do meu pobre ser; talvez apenas fosse o fundo de lama com que fomos todos feitos... O fato é que ao voltar a rua da Carioca, eu era um homem que deseja, cuja percepção da luxúria é mais aguda, cujos nervos vibram mais. Uma saia repuxada, o relevo forte de uma anca. Os encontrões brutais dos marçanos[199] em traje de ver a Deus, dois olhos mais acesos, faziam-me parar, retroceder, pensar em frases, morder o bigode, andar devagar em torno dos vendedores de doces e de refrescos, excitado pela frescura das peles, pelos trechos de carne ocultos, com as têmporas a suar frio e um calor nas faces, uma palpitação... A vontade do acanalhamento devorava-me, e eu ao mesmo tempo que queria satisfazê-la, queria ocultá-la.

"Ninguém, todavia, dera ainda por aquela nevrose, quando senti perfeitamente dois olhos pregados nos meus movimentos. Onde esses dois olhos? Eu os sentia, eu os sentia bem. Onde? Voltei-me, observei, desconfiado. A turba rumorejava na semipenumbra. Não havia ali cara que me olhasse. Só, perto do chafariz, dando àquele canto uma nota anormal, uma velha berlinda[200] com os *stores*[201] arriados, parecia esperar alguém. Que berlinda, filhos! Lembrava um velho carro da Assistência. Era suja, era grande, era vasta, quase um leito. Na boleia o cocheiro parecia de pedra, e os *stores* de pano vermelho estavam imóveis. Estaria vazia? Esperava mesmo alguém? Dei uma volta indagadora em torno, e tive, oh!, sim!, tive a certeza de que ali dentro havia uma criatura, que ali vibrava estranhamente alguém, porque assim como sentira o calor, o fluido ardente de dois olhos fixos sobre mim, a descobrir-me a alma, sentia agora que a minha observação perturbava esses olhos. Quem estaria naquele carro? Quem? Um homem? Uma mulher? Quis falar ao cocheiro, mas, de repente, a berlinda pôs-se em movimento, desaparecendo pesadamente na rua do Uruguaiana.



"Fiquei um instante trepidante, nervoso. Mas é um fato que quando as crises de porneia da multidão agem sobre os nervos dos fracos, esses começam por desejar seguir alguém, seja quem for, com desejo flutuante, o seio indeciso e como que tocado também de uma curiosidade malsã pelo vício dos outros. O carro desaparecendo caiu-me uma vaga tristeza. Como seria agradável o que se fazia dentro, nas suas velhas almofadas! Larguei-me para a Candelária, que me pareceu um teatro tanta era a gente e tanta a luz elétrica, e estava lá me roçando à turba, quando vi um conhecido. Saí então, às pressas, sem lhe dar tempo aos cumprimentos e às fatais perguntas; saí, mergulhei de novo nas ruas mal iluminadas, em que o luar punha uma suave pulverização de sonho. Iria a S. Bento, que tem um morro, árvores, mais sombras, mais recantos sugestivos, o Arsenal pegado e a vista do mar — o pai de todos os grandes vícios incomensuráveis…

"Quando, porém, ia chegando ao Arsenal, lá dei com o carro outra vez, vasto como um quarto, com o cocheiro impassível e os *stores* vermelhos. A sombra cobria a calçada; no céu andava a lua num estendal[202] de ouro pálido. Que esquisito peregrinar! Que estranha peregrinação! Abriguei-me no desvão de uma porta. Passaram-se dez minutos assim, e era impossível apagar a ansiedade dos meus nervos para descobrir o enigma. A berlinda parecia tremer a capota empoeirada sob o sudário do luar. Depois, rodou devagar, como se tivesse uma alma e estivesse a disfarçar uma ação feia. Ao chegar ao escuro beco de Bragança parou, a portinhola abriu-se, uma sombra golfou, a então aí a berlinda precipitou a marcha. Deus! Que seria aquilo? Um crime? Uma extravagância? A passeata de algum crente agonizando, que tivesse feito a promessa de arrastar a sua agonia aos pés de todos os corpos de Jesus expostos? Mas a sombra? Eu amo o horror das coisas inacreditáveis. Meti-me quase a correr pelo beco. No meu cérebro havia um escachoar de ideias…

"Não encontrei a sombra, o vulto que eu vira sair do carro. E a procurá-la, de rua em rua, com a face a queimar, fui até a igreja do Rosário. Como? Não sei. O sangue latejava-me nas têmporas, um suor viscoso molhava-me a palma das mãos. Quando dei por mim, tinha diante de mim a velha igreja, e ao canto esquerdo do templo, exatamente igual, tal qual, a velha berlinda. Coincidência… Há desses encontros de gente que nunca se falará, em reuniões dominadas pelo vício. Não filosofei, porém. Fui ao cocheiro, querendo saber. 'Olá, camarada, desocupado?' 'Não', respondeu ele seco. 'Pago bem.' 'Não posso, já disse.' 'Tem alguém aí então?' O cocheiro cuspiu para o lado. 'Ó seu, vá se pondo fora, se não quer que lhe aconteça alguma.' Fiquei sem palavra e ele tocou.

"Mas o desejo de conhecer a razão daquelas paradas à beira das igrejas era muito. Segui por onde vira perder-se a berlinda. 'Ainda a vejo hoje!', pensava. E de fato, fui encontrá-la quase ao fim da noite, em frente à catedral, do lado do largo do Paço. Não me aproximei. Era melhor esperar de longe. O trecho da rua ardia em luzes, tal qual como hoje. Vendedores ambulantes serviam com estrépito refrescos e doces. Gente de preto ia, vinha, passava, desdobrando pelas calçadas negras serpentes intérminas. Fuzileiros navais ébrios, malandros de calça bombacha, marinheiros, formavam grupos perigosos, fora da calçada. Criaturas ambíguas chispavam olhares desvairados de esguelha, no burburinho da populaça. De repente, o carro começou a mover-se, foi até a Rua Sete, depois embicou para a esquerda, para o lado dos jardins. Precipitei-me. A berlinda misteriosa acompanhava um marinheiro, forte homenzarrão hercúleo e jovem. Não havia dúvida. Era. Oh! Se era! Ia devagar, devagar... O marinheiro a princípio hesitava. Em seguida, pareceu compreender a inutilidade de fugir, relanceou os olhos a ver se o espreitavam, e seguiu bamboleando o passo, um passo que espera o chamado. Em frente ao Telégrafo parou, cortou pelo jardim, como se fosse para o ex-mercado. A berlinda rodou mais depressa pela primeira quebra dos jardins, e foi encontrá-lo, já atravessando a rua para a rampa. Aí o rapagão estacou. O carro também. De dentro falaram, deviam ter falado, porque o marinheiro se aproximou da portinhola que se abriu, tragando-o. Fiquei estarrecido, com tais palpitações que sentia no pescoço a artéria bater. Já a berlinda descia lentamente, como quem dá uma volta à espera de freguês. Perto de mim, meia dúzia de catraeiros olhavam com esse ar de mordente complacência que a canalha tem para receber as fraquezas da gente da alta. Compus a fisionomia, indaguei.



"'É boa aquela do carro, hein?' 'É danada!', respondeu um dos tipos. 'O que admira é a resistência dela!', exclamou outro. 'Como resistência?' 'Pois V. S. não sabe? É a mulher do carro da Semana Santa. Já está muito conhecida. Vem sempre naquele carro e chama os que lhe agradam...' 'E vocês vão?' 'Rapaziada não respeita... ela paga bem.' 'E são muitos?' 'Ela só aparece na Semana Santa. Mas é até pela manhãzinha.'

"Recuei. Ali, naquele velho carro, rodando à beira das igrejas, uma Górgona de vício abria a fauce tragando as flores da ralé, gente que lhe servia de pasto a troco de dinheiro; naquele carro silencioso estorcia-se uma nevrose desesperada; naquela berlinda, misteriosamente a fúria de um súcubo, a ânsia de uma diabólica fundia nos braços um bando de homens com o desespero sensual despedaçador! Oh! O vício que se não vê! Essa criatura, essa criatura! E, há três anos, todas as Quintas-feiras Santas, acompanho a berlinda procurando vê-la, procurando encarar o polvo de luxúria, que lá dentro distende os tentáculos. Quem será? Uma senhora de sociedade? Uma perdida? Sei lá! Uma louca, uma desvairada, uma desgraçada, de que ninguém sabe o nome, de que ninguém talvez possa reconhecer o semblante, na rua, quando passa..."

— Delicioso caso! — fez o efebo literato erguendo o corpo airoso, que recordava os pajens dos Valois.

Honório pôs-se de pé. Todos nós fizemos o mesmo em silêncio. A história impressionara, e principalmente a ele, ao Honório, ao próprio narrador. Talvez quisesse ainda rever a berlinda. O fato é que chegou à porta, consultou o relógio, e ia despedir-se, quando de súbito esticou a mão exangue, onde a opala lembrava o perturbado brilho de sua alma.

— Olhem, lá está ela, lá está... Era fatal... Ninguém sabe o que encerra. É o segredo das vítimas. Não. É o segredo dela apenas... Espera decerto alguém. Estão vendo? Naquele pedaço de sombra, junto à igreja... Ao lado há um beco. A vítima sairá do beco... Espantoso. Já ouvi dizer que é uma mulher com bexigas, outrora bela. Um dos convidados conseguiu, disse-me, ver-lhe a cara através do véu. Conta que é queimada. Mas não. Outros asseguram que tem pústulas. É a lenda. A opinião geral é mesmo a de ser uma formosa senhora de alta posição. Não! Não é nada disso. É apenas o horrível vício que se não vê. A luxúria exasperada...



Nós olhávamos a sombra, nervosos, como à espera. Honório falava entrecortado, estava quase de cera, e parou subitamente de falar. Uma camisa branca surgira à portinhola da berlinda, parara. Era um adolescente. Vimos um gesto de negativa, vimos, apesar do gesto, a portinhola abrir-se, vimos o rapaz pôr o pé no estribo, ser como que puxado, e logo o ruído seco da portinhola.

— Mas é um crime! — ganiu um dos senhores que pagavam as despesas.

— Quem sabe? — fez frio o cidadão Honório.

Nesse momento as luminárias da igreja apagaram. Acabara a visitação ao Senhor morto. Havia a confusão natural nos fins de tais solenidades: gente apressada, senhoras nervosas por apanhar conduções, homens parados a ver se lhe agradavam as mulheres, gritos mais fortes de vendedores ambulantes, estalar de chicotes, carros, chamados, pragas. E, como a rua tivesse caído na sombra, já se sentia o luar da noite esplêndida iluminar os jardins intérminos, lá, mais longe.

O cidadão Honório despediu-se. O carro rodava devagar no meio da turba compacta. Era o mesmo carro de que ouvíramos a história, velho, sujo, vasto, lembrando a Assistência, o mesmo a levar o horror desesperado, a fúria da volúpia voraz. O pavoroso mistério do vício delirante...

# Sobre o Autor

João do Rio, pseudônimo de Paulo Barreto, foi um dos mais importantes escritores e jornalistas brasileiros do início do século XX. Nascido no Rio de Janeiro em 5 de agosto de 1881, se destacou por sua intensa produção jornalística e literária, marcada pela observação aguda da vida urbana, pela defesa da diversidade cultural e por seu estilo moderno e dinâmico. Sua obra capturou, como poucas, o espírito das ruas da capital brasileira na virada do século.

Filho de família de classe média, João do Rio recebeu sólida formação educacional e começou a colaborar com jornais ainda jovem. Seu talento como cronista logo se destacou, especialmente pela forma como trazia para o centro da atenção literária os espaços e personagens marginalizados da cidade: prostitutas, mendigos, trabalhadores, cultos de rua, favelas, religiosos populares. Suas crônicas abordavam a cidade como organismo vivo, com suas contradições, misérias, belezas e surpresas.



Foi no jornalismo que encontrou seu principal campo de atuação. Atuou em veículos importantes da imprensa carioca, como *Gazeta de Notícias*, *O Paiz* e *Correio da Manhã*, além de revistas como a *Kosmos*. Suas crônicas urbanas tornaram-se extremamente populares, e seu estilo influenciou toda uma geração de cronistas e repórteres. Foi um dos primeiros escritores brasileiros a tratar o jornalismo como arte, aproximando literatura e reportagem de maneira inovadora.

Entre suas obras mais conhecidas está *A Alma Encantadora das Ruas* (1908), uma coletânea de crônicas que revela o olhar sensível e crítico de João do Rio sobre o cotidiano carioca. Nessa obra, ele explora com lirismo e realismo os contrastes sociais, os tipos humanos e a dinâmica da vida urbana. Outro livro marcante é *As Religiões no Rio* (1904), fruto de uma série de reportagens sobre cultos afro-brasileiros, espiritismo e outras manifestações religiosas populares. A abordagem respeitosa e investigativa, rara para a época, fez da obra um marco na antropologia urbana brasileira.

João do Rio também se dedicou à ficção. Escreveu contos, ensaios e peças teatrais. Em *Dentro da Noite* (1910), por exemplo, reuniu contos que abordam temas sociais e psicológicos com um estilo elegante e moderno. Além disso, traduziu obras de autores europeus e promoveu a modernização do teatro brasileiro. Foi amigo de intelectuais como Olavo Bilac e Lima Barreto, embora tenha mantido com este uma relação marcada por tensões e críticas mútuas.

Figura carismática, João do Rio era conhecido por seu vestuário refinado, seu gosto pelas artes e sua presença constante nos círculos culturais do Rio. Usava sua posição como intelectual influente para promover debates sobre identidade, liberdade e cultura. Circulava entre os salões da elite e os becos da cidade com igual desenvoltura, captando em sua escrita as múltiplas faces da sociedade carioca.



Em 1910, foi eleito para a Academia Brasileira de Letras, tornando-se o primeiro jornalista a ocupar uma cadeira na instituição. Sua eleição representou o reconhecimento oficial de seu valor intelectual, mas também uma vitória simbólica do jornalismo literário como forma legítima de produção cultural.

João do Rio morreu em 23 de junho de 1921, aos 39 anos, vítima de um ataque cardíaco fulminante dentro de um táxi, em plena rua. Sua morte causou grande comoção, e seu velório atraiu milhares de pessoas — trabalhadores, artistas, jornalistas, intelectuais, curiosos — que acompanharam o cortejo, demonstrando o quanto ele era amado e respeitado por diversos setores da sociedade.

Hoje, João do Rio é lembrado como um dos fundadores da crônica moderna no Brasil, um cronista da alma urbana e um intérprete sensível da pluralidade cultural brasileira. Sua obra segue influente, sendo estudada nas áreas de literatura, jornalismo, história e sociologia. Com sua prosa elegante e seu olhar agudo, transformou a cidade em literatura e a rua em palco das complexas relações sociais do país.

# Cronologia

**05/08/1881**

Nasce no Rio de Janeiro como Paulo Barreto. Filho de um funcionário público e de uma professora.

**1899**

Começa a colaborar em jornais cariocas ainda adolescente.
Adota o pseudônimo João do Rio.

**1900–1903**

Publica reportagens e crônicas na *Gazeta de Notícias* e *O Paiz*. Destaque para textos sobre o cotidiano urbano e o comportamento social.

**1904**

Publica *As Religiões no Rio*, série de reportagens sobre religiões afro-brasileiras e espiritismo.
Obra marca o pioneirismo da crônica investigativa e antropológica.

**1905**

Viaja à Europa. Conhece intelectuais e artistas.
Adquire referências do simbolismo e do realismo europeu.

**1908**
Lança *A Alma Encantadora das Ruas*, coletânea de crônicas sobre o Rio de Janeiro.
Torna-se um sucesso popular e crítica.

**1910**
É eleito para a Academia Brasileira de Letras.
Primeiro jornalista a ocupar uma cadeira na instituição.

**1910–1915**
Publica contos e peças de teatro.
Destaque para *Dentro da Noite* (1910), com temas sociais e psicológicos.

**1917**
Escreve para diversos jornais e revistas.
Mantém popularidade como cronista da vida urbana.



**23/06/1921**
Morre repentinamente aos 39 anos, vítima de ataque cardíaco.
Sua morte comove a cidade. O cortejo é acompanhado por milhares de pessoas.

**Hoje**
Reconhecido como fundador da crônica moderna brasileira.
Obra estudada nas áreas de literatura, jornalismo e sociologia urbana.

# Notas

[1] Casas onde se fumava ópio.

[2] Ninfas dos bosques e montanhas na mitologia greco-romana.

[3] Reunião dançante, de natureza íntima. Em francês no texto.

[4] Alusão ao famoso assassino londrino *Jack, the Ripper* (Jack, o Estripador). Em inglês no texto.

[5] Turbilhão.

[6] Prostíbulo, bordel.

[7] Alusão ao bairro boêmio da Roma antiga.

[8] Bonde. Em inglês no texto.

[9] Automóvel de passeio com duas portas. Em francês no texto.

[10] Loto.

[11] Seita nacionalista chinesa, que encabeçou no final do século XIX uma sangrenta revolta contra os ocidentais, intitulada Guerra dos Boxers.

[12] Envolvido de forma irresistível.

[13] Casa de jogo de azar.

[14] Observar um jogo, dando palpites.

[15] Aquele que observa o jogo, sem dele fazer parte.

[16] Parada no jogo proposta por um parceiro em nome de dois ou mais.

[17] Má sorte, caiporismo, azar.

[18] Tecido ralo, por sobre o qual se tece um bordado.

[19] Verde, esverdeado.

[20] Jogo de cartas de origem francesa, em que tomam parte um banqueiro e vários jogadores, ganhando o grupo que, com duas ou mais cartas, perfizer o total de pontos mais próximo de nove. Bacará.

[21] Espécie de sofá ou canapé de origem persa, sem encosto ou braço.

[22] Maresia.

[23] Tênis de gramado. Em inglês no texto.

[24] Pessoa de vida dissoluta, boêmio.

[25] Michês. Diz-se de quem paga ou recebe por favores sexuais. Em francês no texto.
[26] Modalidade do bacará. Em francês no texto.
[27] Flerte. Em francês no texto.
[28] Aplicação ornamental de ouro em cristal, vidro ou metal, que recebeu o nome de seu criador, o industrial francês Charles Christofle (1808–1863).
[29] Tipo de dança popular provençal.
[30] Protetor de velas de cera, que as impede de serem apagadas pelo vento. Em francês no texto.
[31] Mulheres de vida alegre. Em francês no texto.
[32] Companheira de Péricles, governante de Atenas durante o século v a.C., o período áureo da cultura clássica.
[33] *Parigot, argot* e *langue verte* são denominações da gíria parisiense do baixo mundo.
[34] Rua larga e arborizada, símbolo da modernidade de Paris após a reforma urbana de Haussmans. No Rio de Janeiro, o prefeito Pereira Passos realizou reforma semelhante entre 1904 e 1909, inaugurando a Avenida Central (Rio Branco), um típico *boulevard* carioca. Em francês no texto.
[35] De carbúnculo, ou rubi. Da cor vermelha.
[36] Péricles, governante de Atenas durante o século v a.C., o período áureo da cultura clássica.

[37] Relativo à cidade grega de Tanagra, célebre por suas esculturas de lindas mulheres esbeltas.
[38] Empresário. Em inglês no texto.
[39] Mulher que dispensa os artifícios da maquiagem. Em francês no texto.
[40] Sopa de frutos do mar. Em francês no texto.
[41] Marca nobre de champanhe. Em francês no texto.
[42] Tipo de homem elegante e refinado, com senso de humor debochado e iconoclasta, típico do período entre 1870 e 1918 (Belle Époque). Oscar Wilde e João do Rio foram típicos dândis. Em inglês no texto.
[43] Dinheiro.
[44] Indivíduo vestido com apuro exagerado. Janota. Novo-rico.
[45] Homossexualidade.
[46] Exagero.
[47] Emanuel Swedenborg (1688–1772), cientista e filósofo sueco, que também estudou o mundo sobrenatural. Suas ideias influenciaram muito o Romantismo. Uma seita de seus seguidores foi estudada por João do Rio em *As religiões no Rio* (1904).
[48] Enxaqueca. Em francês no texto.
[49] Fantasma. Espírito malfazejo que vaga entre os vivos para fazer o mal.

[50] Poetisa da Grécia clássica, que instituiu na ilha de Lesbos uma escola apenas para moças. Originou-se daí a denominação de lesbianismo ou safismo para a homossexualidade feminina.

[51] Olhos bistrados: com olheiras.

[52] Destrançada.

[53] Roupas de baixo. Em francês no texto.

[54] O conto se passa durante a Revolta da Esquadra, acontecida em setembro de 1893. O marechal, portanto, é o presidente da República em exercício, Floriano Peixoto.

[55] Espora. Aguilhão. Ferrão.

[56] Dilaceradamente.

[57] Aflito.

[58] Descabelado.

[59] No original está: tromba. Trata-se certamente de um erro de impressão.

[60] Acinzentado.

[61] Boá. Espécie de xale de plumas. Em francês no texto.

[62] Maledicência. Fofoca. Em francês no texto.

[63] Batedor de recordes no iatismo. Em inglês no texto.

[64] Dar forma ou aparência de pérola.

[65] Tipo de ensopado. Em francês no texto.

[66] Sobrecasaca. No original está: rendingote. Evidentemente um erro de impressão. 

[67] Temporada anual elegante. Em inglês no texto.

[68] Companhia teatral em excursão, em geral de segunda classe.

[69] Referente ao escritor inglês Oscar Wilde, condenado em 1895 a 2 anos de prisão por homossexualidade.

[70] Personagem da literatura europeia, arquétipo do grande conquistador de corações femininos.

[71] Personagem da peça de Shakespeare *O mercador de Veneza*, é um judeu que empresta dinheiro a juros.

[72] Na mitologia grega, personagem da 7ª Façanha de Hércules, que teve de limpar suas famosas cavalariças de 3000 animais, o que não era feito há 30 anos. Como Augias não quis pagar o combinado, Hércules o matou.

[73] Na mitologia grega, condutor do carro de Aquiles e seu companheiro de combates. Sinônimo de cocheiro hábil.

[74] Tipo de ópera cômica espanhola.

[75] Pernas. Dar às gâmbias: fugir.

[76] Restaurante pequeno e simples, mas aconchegante. Em francês no texto.

[77] Gigolô.

[78] Deus, que, ao lado de Brama e Xiva, forma a trindade sagrada do Hinduísmo.

[79] Afeminado.

[80] Trastes e utensílios velhos. Cacarecos.

[81] Acidez. Aspereza.
[82] Guloseimas.
[83] Adormecida.
[84] Dez anos.
[85] Carros de duas rodas e dois lugares, sem capota ou boleia, puxado por um só animal.
[86] Sem emitir nenhum som.
[87] Injeção de água ou outro líquido medicamentoso via anal. Enema.
[88] Sensibilidade exagerada a qualquer estímulo.
[89] Referente ao sistema nervoso.
[90] Atenuar.
[91] Lua cheia.
[92] Erguer. Suspender.
[93] Referente a chamalote, tecido pesado de lã, com efeito ondeado.
[94] Árvore ornamental cujas flores possuem uma tonalidade azulada.
[95] Vestido para o chá das cinco. Em inglês no texto.
[96] No texto, sinônimo de ruminar, remoer.
[97] Moleza. Sonolência.
[98] Biombo.
[99] Esbarrão. Encontro violento ou brusco entre dois objetos. Choque.

[100] Bugiganga. Quinquilharia. Mercadoria de baixa qualidade. Em francês no texto.
[101] Penteado em que o cabelo forma uma ou mais ondas sobre a testa.
[102] O ponto mais alto. Pináculo.
[103] Abreviação de *rocking chair* (cadeira de balanço). Em inglês no texto.
[104] Musa da dança na mitologia greco-romana.
[105] Eloquentemente.
[106] Comerciante de objetos usados.
[107] Referente ao teatro do gênero alegre. A expressão vem da notória Companhia Trololó.
[108] Porta-moedas. Em francês no texto.
[109] Referente a George Bryan Brummel (1778–1840), célebre dândi inglês, favorito do rei Jorge IV, um dos parâmetros da elegância masculina.
[110] Cárcere. Prisão.
[111] Divindade romana das frutas e dos jardins.
[112] Conjunto de sete músicos.
[113] Coxia. Bastidores de teatro.
[114] Referência a Don Juan, lendário conquistador amoroso da literatura francesa e espanhola.
[115] Famosa marca de charuto.
[116] Afrodite ou Vênus, a deusa do amor na mitologia greco-romana.
[117] Prostituta de baixa categoria.

[118] A rua de São Jorge, atual Gonçalves Lêdo, era, no início do século XX, o centro do baixo meretrício.

[119] Tecido de algodão aveludado.

[120] Segundo a lenda, demônio masculino que vem à noite copular com uma mulher durante o sono.

[121] Tecido encorpado usado para forro. Entretela.

[122] Chato. Aborrecido.

[123] Arrebata. Reanima.

[124] Anêmicos.

[125] Referente a beribéri, doença originada pela carência da vitamina B1.

[126] Tipo de casaco militar.

[127] Referente a Vênus, a deusa greco-romana do Amor.

[128] Reunião mundana. Em francês no texto.

[129] Entediar.

[130] Decoradores.

[131] Empregada que trabalha na caixa. Em francês no texto.

[132] *Ultra fashion* = super na moda. *Old style* = fora de moda. Em inglês no texto.

[133] Escola de pintura romântica da Inglaterra no século XIX, típica da Belle Époque, cujos principais componentes foram o crítico John Ruskin e os pintores Dante Gabriel Rossetti, e Edward Burne Jones. No início foram combatidos pelos acadêmicos e conservadores, mas posteriormente consagrados.



[134] Tradução aproximada: "que mulher ultrapassada!" Em francês no texto. [135] Olhos cerrados. Em francês no texto.

[136] Picante. Malicioso. Em inglês no texto.

[137] Abreviação de *five-o-clock-tea*, o chá das cinco, reunião social ao cair da tarde. Em inglês no texto.

[138] Madrepérola.

[139] Tecido fino de cambraia.

[140] Encontro marcado. Em francês no texto.

[141] Objeto utilizado, nos automóveis antigos, para comunicação entre o passageiro e o motorista, separados por uma parede de vidro à prova de som.

[142] Pó de arroz.

[143] Espelho de penteadeira.

[144] Faiscantes.

[145] Cortina. Persiana. Em francês no texto.

[146] Torturar ou supliciar com pua ou outro objeto perfurante.

[147] Varíola. Essa doença era endêmica no Rio de Janeiro até o início do século XX, matando milhares de pessoas anualmente.

[148] A bexiga vermelha (varíola) se diferenciava de bexiga branca (varicela ou catapora), esta raramente fatal, ao contrário da primeira.

[149] Bonde. Em inglês no texto.

[150] Casa de campo ou veraneio. Chalé. Em inglês no texto.

[151] Pus.

[152] Bolha d'água.

[153] Abcesso.

[154] Obaluaiê ou Babaluaiê, orixá da varíola no culto nos negros iorubás. O mesmo que Omolú ou Xapanã.

[155] Pessoa astuta ou manhosa.

[156] No texto: pessoa que joga mal.

[157] Diabo.

[158] Pessoas contratadas pelos empresários teatrais para, do alto da torrinha, puxar palmas em horas pré-determinadas.

[159] Restaurante popular pouco asseado.

[160] Bastidores de palco teatral. Coxia.

[161] Pequena composição poética, geralmente em quadras, feita para ser cantada.

[162] Cochicholo. Aposento pequeno e abafado.

[163] Poltrona cujo encosto alto se prolonga para os lados como uma espécie de orelha.

[164] Espécie de armário de quatro pés com pequenas gavetas.

[165] Em dramaturgia, o personagem da jovem bela e inexperiente, assim como a atriz que o interpreta.

[166] Carro de duas rodas e dois assentos, com capota, sem boleia, puxado por um só animal.



[167] Planta da família das boragináceas, muito comum nos jardins brasileiros, cujas flores se voltam para o sol.

[168] Cão treinado para guardar gado.

[169] Serviço de chá ou café para duas pessoas. Em inglês no texto.

[170] *Vermeil* = prata dourada. Em francês no texto.

[171] Famoso caso judicial que abalou a França no final do século XIX. O capitão Dreyffus, de origem judaica, foi expulso do exército e condenado sem provas à prisão perpétua na terrível Ilha do Diabo, na Guiana Francesa, como espião alemão. O caso foi posteriormente reaberto por pressão da opinião pública, comandada pelo escritor Émile Zola, e o prisioneiro foi finalmente absolvido e reabilitado.

[172] Licor da erva artemísia, de sabor amargo e alto teor alcoólico, muito popular entre os artistas da Belle Époque. Era tido como indutor de visões alucinógenas, na qual predominariam as tonalidades da cor verde. Foi posteriormente proibido em quase todos os países.

[173] Diz-se de uma cavalgadura de baixa categoria, velha ou doente.

[174] Aviso ou ordem para sair do caminho ou da frente.

[175] Relativo a farinha; farinhento.

[176] Poste de iluminação pública.

[177] Vitrine.

[178] Enfeitar.
[179] Amarelo-vivo.
[180] Prisioneiro.
[181] Pequeno gabinete particular de mulher, decorado elegantemente. Em francês no texto.
[182] Feito expressamente. Em inglês no texto.
[183] Harém.
[184] Livro de antífonas — versículo cantado depois de um salmo, respondido alternadamente pelas duas metades do coro.
[185] Vaso de porcelana onde se queimam ervas aromáticas.
[186] Dores de cabeça.
[187] Tecido ralo, por sobre o qual se tece um bordado.
[188] Raça de cães de caça, da qual a mais conhecida é a variedade irlandesa (*irish setter*).
[189] Rastros. Rastilhos.
[190] Dançarina sagrada da religião hinduísta, que se veste luxuosamente nas suas apresentações.
[191] Personagem da mitologia greco-romana. Jovem mortal de grande beleza física, que logrou conquistar a própria deusa Astarte (Vênus). Foi morto numa caçada por um javali.
[192] Adolescente grego, favorito do imperador romano Adriano. Exemplo de beleza andrógina.
[193] Devassidão. Libertinagem.
[194] Doença mental.
[195] Demônio feminino que faz visitas noturnas aos homens adormecidos para copular com eles.
[196] Demônio masculino que faz visitas noturnas às mulheres adormecidas para copular com elas.
[197] Som emitido pelas raposas.
[198] Quinta-feira da Semana Santa.
[199] Aprendiz de caixeiro.
[200] Coche de quatro rodas, de quatro a seis lugares.
[201] Cortina. Persiana. Em francês no texto.
[202] Superfície ampla.

Este livro foi impresso nas oficinas gráficas da Editora Vozes Ltda.,
Rua Frei Luís, 100 – Petrópolis, RJ.